SILENCI A TAULA

Cristina Garcia Molina

SILENCI A TAULA

23è Premi Literari Ciutat de Badalona de Narrativa
27è Premi Literari Països Catalans - Solstici d'Estiu

VIENA
EDICIONS

Primera edició: novembre del 2014

Viena Edicions

Tuset 13, 3r 1a – 08006 Barcelona

Tel.: 93 453 55 00 – Fax: 93 209 81 68

www.vienaeditorial.com

viena@vienaeditorial.com

ISBN: 978-84-8330-810-3

Dipòsit legal: B. 23.182-2014

Fotocomposició: Alfa

Impressió i enquadernació: Liberdúplex

23è Premi Literari Ciutat de Badalona de Narrativa /
27è Premi Literari Països Catalans - Solstici d'Estiu

El Premi Literari Ciutat de Badalona de Narrativa /
Premi Literari Països Catalans - Solstici d'Estiu
és organitzat per l'Ajuntament de Badalona, en col·laboració
amb la llibreria El Full i l'Associació Festa Nacional dels Països Catalans.
El jurat qualificador estava format per Montserrat Salgado, regidora de Cultura
i Ciutadania, Isabel Monsó, Daniel Nomen, Maria Carme Palomeras, Gerard Guerra,
Agnès Rotger i Isidre Sala, de la llibreria El Full, com a secretari.

Índex

A l'Ada Castells
A en Jaumde i la Mila
A la memòria de la meva mare

We watch the fire blazing,
And feel the roots of the house move, but sit on,
Seeing the window tremble to come in,
Hearing the stones cry out under the horizons.

TED HUGUES, «Wind»

DRAMA

A Maurice Durozier, per una lliçó de teatre i vida

Res a fer. Per més que m'hi oposi, ell em dirà Miranda. Encara que fingeixi que no me n'adono, el seu crit em perseguirà pel passadís, mentre preparo el dinar, xuclant una cigarreta furtiva al balcó. Si el desmenteixo, si li porto la contrària o m'hi enfado, sé molt bé què passarà. Serà semblant a les altres vegades: torçarà el cap, aixecarà les celles, en lloc d'un somriure còmplice escamparà per la seva fisonomia una tristesa líquida, com d'aiguamoll. «Però el teu nom és Miranda», em recordarà, «ets la filla de Pròsper a *La tempesta*». La realitat és que aquest home de teatre sempre aconsegueix estovar-me. En les hores que l'acompanyo, m'acabo rendint al seu bateig. És una mena d'acte de proxenetisme literari, càlid, amb un punt d'afalac. Res a fer, doncs. A més, he pres una decisió que ens farà estar tàcitament en pau:

—Si tu em dius Miranda, jo a tu et diré Vell.

Ja fa un temps que l'assisteixo. Amb Vell s'ha d'anar molt amb compte amb les paraules: no es pot dir *cuidar*, sinó *assistir*, que és una manera d'estar present sense necessitat de misericòrdia; tot allò que li passa, els marejos, les taquicàrdies, els tremolors, són *canvis* i no *símptomes* d'una malaltia que avança ben calçada. Vell és més jove que el que predica el seu nom. No arriba als setanta anys, però té el cor engrunat: tres *bypass*, una col·lecció d'assumptes pendents i el dolor per un amor desatès, antic com el rellotge de paret que domina el tempo d'aquesta casa. S'ha dissenyat un vocabulari abundant en eufemismes per protegir-se, no hi ha dubte, i pateix perquè una malaltia intervencionista desbarata tota la seva feina de diccionari sedatiu. Vell és un ritualista convençut del benefici de l'hàbit a mida. Les seves dèries no admeten de cap manera una lectura buida, sense pòsit:

—I per què Miranda?

—Perquè ets l'única dona en aquest aïllament.

Abans de dir-me Miranda, he sigut Nora, Júlia, Tatiana Répina. Una vegada vaig ser el soldat Woyzeck, també algun heroi d'una tragèdia grega. Miranda deu ser el nom que més m'escau, perquè sembla impermeable a la pluja dels dies. A pesar de les meves múltiples identitats heretades de l'escena, cada matí recullo les engrunes de la taula, escombro les fulles de l'entrada, renovo l'aire de les habitacions, l'ajudo a triar un jersei, arrenglero un equip de pastilles damunt la taula. Ell camina a poc a poc, respira amb fatiga. Ara ningú no ho diria que, no fa gaire, Vell era un sacsejador de consciències: un actor enèrgic, un dramaturg amb caràcter. Ara la veu se li afluixa, l'energia se li cargola ben endins. Però deixant de banda les artèries problemàtiques i la necrosi, sospito que Vell també està malalt de recança: la intueixo a través de la barana dels seus ulls envermellits, en la manera d'entotsolar-se, de gratar-se lent la barba platejada. Passem moltes estones així: ell en el seu món, meditant com resoldre en un temps rècord les preocupacions que li encorben l'esquena, jo classificant una pila de llibres desmemoriats, planxant camises, mocadors de roba, morint-me de ganes de saber què cavil·la el seu cap despentinat i errabund. Al final, sempre és Vell qui trenca el silenci, sovint amb una suposició desesperada:

—Si el cor m'aguantés una mica més, encara podria fer això i allò.

Perquè Vell no suporta la veritat, per això estima tant el teatre, la literatura, i tot el que comporti un engany suprem, com ara els noms manllevats per a persones equivocades o les paraules que s'escapoleixen de la malastrugança. El temps que destina a l'ús de la mentida és més valuós que la despesa de la veritat, que també enganya, però amb traïdoria. Me l'imagino formant part d'un exèrcit d'homes i dones que tiren endavant gràcies a les projeccions, a les fantasies, a les imatges que depassen qualsevol realització possible. Per a ell, tot allò sensible al tacte es converteix més tard en buidor. No perd ni un gram d'elegància escènica, ni quan s'encara amb el defalliment com un gos rabiós contra un amo injust. M'admira veure com pendula, tossut, del coll de la vida, amb braços dèbils. Quina imatge li arriba de mi, doncs, que m'hagi de canviar el nom? Gairebé trenta anys, flotant en una anarquia oliosa, vivint a casa dels pares, bevent de nits, alimentada per la cultura de la indiferència. Real com aquella vida que ell ni es mira. Rematadament pobra de registres. I ara, aquesta feina d'assistent, vetllant un exprofessor jubilat i desmuntat que s'entesta a no moure's de la part estreta del rellotge de sorra.

—Sí, Vell, aquesta és la teva Miranda: un tros de decepció.

—Potser t'hauries de buscar una altra feina.

—A mi m'agrada aquesta —dic—. De vegades penso que voldria envellir amb tu.

—Si us plau, Miranda, surt del teu illot, i vola. D'aquí a poc, moriré.

—Va, què t'empatolles. Tu sempre dius que, quan l'obra s'acaba, els morts s'aixequen.

I ens permetem riure una mica, encara que només sigui per corroborar-nos la por. El seu fantasma és la imminència; el meu, la llunyania. Aleshores Vell, que és un malalt d'artèries, de paraules, de teatre, s'arrenca l'ànima del bagul de barrets i vestits antics, i ens escriu, ens projecta en el drama de dos personatges d'una obra metafísica i absurda que interpretem sense públic:

Escena buida. Fons negre. Un neó zumzeja. Entren Vell, decrepitud precoç, respiració accidentada, i Miranda, jersei de llana extra gran, monyo espellifat. S'asseuen en cadires al centre de l'escenari. De cara. Les mans plegades a la falda.

Vell: *(Assenyala al davant.)* Ja hi tornem a ser. Ens hem equivocat en el sentit del metro, una altra vegada. Això és Leopold Platz, i hauríem d'haver anat cap a Zoo. ¿Ho veus? Anem a l'inrevés.

Miranda: *(Somriu amb tendresa.)* No passa res, Vell. Arribarem fins al final, i després recularem fins a la nostra parada. *(S'esborra el somriure. Obre la bossa de mà. La regira.)*

Vell: *(Es frega el front amb les dues mans, vehement.)* Anar fins al final per retornar al principi. És massa temps. *(Pausa)* És estrany això que dius.

Miranda: En fi. *(Deixa de regirar la bossa.)* Ens hi hauríem d'haver fixat, Vell, hi hauríem d'haver pensat més, i no ho hem fet. Ara no hi ha motiu per a la queixa.

Vell: *(Desolat)* Però arribarem tard a l'obra. Trigarem massa. I jo interpreto el meu últim paper principal. Sóc Galileo Galilei!

Miranda: *(Somriu, amb més tendresa encara.)* Però ni la ciutat ni el teatre no es mouran del seu lloc, Vell. Berlín serà allà mateix. Les portes de la Schaubühne sempre estaran obertes per a tu.

Vell: No m'entens. *(Severament.)* No vull que se'm faci

massa tard. *(Es palpa les cames.)* I camino tan a poc a poc! Les meves cames són dos sacs de ciment!

MIRANDA: *(Torna a regirar la bossa, amb més insistència.)* No són les cames, Vell. *(Sospira.)* És pel teu vestit de plom. Pesa massa. *(S'atura un moment. Mira a Vell, fixament.)* Però t'ho prometo: arribarem.

VELL: Sí que em pesa, el vestit, cada dia més. *(Pausa. Tus.)* Em fallen les forces, ho sé. Trigaré molt, estaré tan cansat. *(Panteixa.)* I quan arribi, potser m'ensorraré dalt de l'escenari… *(Amb desesper.)* I si caic de genolls i no tinc alè per dir la meva última frase? Què passarà, llavors? El teatre és efímer i passatger. No el podré guardar, ni repetir.

MIRANDA: Ah, però no passa res, Vell. Serà un final fabulós, una actuació contra el temps, agònica, plena d'aflicció. Podràs fer allò que tant t'agrada: enganyar els altres fent creure una falsedat. Els espectadors marxaran a casa compungits, sense saber que, quan l'obra s'acaba, els morts s'aixequen. *(Treu de la bossa un plomall de treure la pols.)* Al·leluia!

El nostre oci íntim s'acaba quan tenim la sensació, sempre compartida, segurament per l'entrenament que ens donen les hores que passem junts, que hem arribat a un punt massa irrepresentable. Quan traspassem aquest llindar, s'abaixa el teló i s'apuja la tristesa. Però durant una estona a mi m'agrada pensar que sóc el generador que encén la seva imatgeria, que el seu cor fa un triple salt immortal, que la seva llum s'aviva quan jo pedalo, cada vegada més ràpid, cada vegada més lluny. I com m'és de confortable la mentida, a mi també; el fantasieig és un hotel de cinc estrelles. Si aconseguíssim aturar el temps, si ni ell ni jo no ens moguéssim d'aquesta casa, en una existència fora de l'abast de la incontrolable successió d'esdeveniments, no caldria pensar en res més, ni en el morir ni en el viure, ni en les oportunitats desaprofitades. Tampoc no hi hauria hules bruts ni fulles seques per escombrar, ni cap recança que ens nués la gola. El temps no seria aquesta burda escombra.

És clar que, quina estupidesa: quina paralitzadora i tèbia estupidesa emmascarada de reflexió.

Per això avui he anat a una entrevista de feina. He llegit a l'anunci que, en un hotel de la ciutat, necessiten una recepcionista. Tinc una bona formació, idiomes, un currículum farcit de realitat, moltes possibilitats. A l'autobús he repassat la meva història, resumida en tres fulls grapats. He tancat els ulls i m'han assaltat tot els interrogants de la meva vida. Quan he arribat a l'hotel, la fila d'aspirants cuejava al carrer. Ha començat a ploure, però a mi tant m'era. En realitat, tant ens era. Perquè fins i tot en la manera de suportar les inclemències del temps, totes les persones que esperàvem l'accés a l'oportunitat ens assemblàvem: homes, dones, mateixes vambes, idèntic posat derrotista, desconfiança a la retina, l'aura d'un desencaixament cert. I veient-me així, calcada en els altres, repetida, indistinta, m'ha costat no retirar-me la paraula. No retirar-nos a tots la paraula.

Després d'esperar-me molta estona, ha arribat el meu torn. M'han fet entrar en un despatx empastifat amb diplomes inútils. He dipositat el meu currículum a les mans d'un home d'aspecte musti que de seguida ha començat a llegir en veu alta, sense ni mirar-me, les meves dades, els meus mèrits, les meves breus professions. Els interrogants de la meva vida. He pensat en Vell, en l'entranyable home entre bambolines, en les vegades que m'ha motejat i m'ha convertit en teatre, amb tota la intenció. Com m'alleugeriria, ell, aquest meu sentiment d'insatisfacció, de rebuig, aquí, asseguda en aquesta cadira, amb les cames creuades, amb l'ànima ensopida? Com ho faria, amb el seu deix didàctic? De sobte, com si no pogués contenir més aquest clam inevitable, he cridat:

—El meu nom és Miranda, filla de Pròsper, víctima d'un naufragi desastrós.

Sense aturar-me a sospesar les conseqüències del meu acte, he corregut cap a la casa, per explicar-li a Vell la meva gosadia, per dir-li que em sento feliç quan ell em pensa diferent. Que la mentida és resistència. Quan he arribat, l'he trobat estès al terra del lavabo: inconscient, amb els turmells inflats, amarat de suor. He trucat de seguida a l'ambulància, odiant el vertigen dels finals frenètics. L'he recollit cap a mi i l'he abraçat ben fort, perquè no pogués marxar encara:

—No te'n vagis, si us plau. Ho fas expressament perquè m'atipi de tu, i no.

Vell ha retornat al cap de pocs segons, ha entreobert els ulls i amb un fil de veu m'ha dit:

—Miranda, admirada Miranda, que innocent, em feia el mort.

Després ha tornat a perdre el sentit i s'ha aclofat com el sostre d'una cabana de palla. De sobte, ha pesat molt, tota una existència. Amb prou feines el podia sostenir, però li he promès, a cau d'orella:

—Ens en sortirem. Tornarem a ser només nosaltres dos, Vell i Miranda, segurs i encovats.

Jo també he agafat fred, una esgarrifança insostenible, per això m'he afanyat a embolcallar-nos amb la gran manta de les mentides, amb l'esperança que ens deixin perllongar el nostre drama, que la por només sigui un apunt per a l'art, que l'acústica cridanera de l'ambulància no sigui el presagi d'alguna cosa fosca, que l'aire no se'ns aprimi com una soga al coll:

—Estigues tranquil, Vell. Tranquil. Tu saps que, quan l'obra s'acaba, els morts s'aixequen. Sempre.

ARCÀDIA, 1995

Life could have been very different but then,
something changed.
Pulp

Aviat arribarà l'hora d'acabar la festa, d'anar passant. No caldrà que allarguem més la nit. Demà persistiran la pudor de tabac, el terra enganxós, els gots de plàstic com una torre de marfil inclinada. Ens haurem organitzat per dormir, uns a les habitacions, i els altres doblegats sobre estores d'acampada. Ens despertarem amb ressaca i ens cobrirem els caps amb coixins. Algú s'aixecarà aviat i farà massa soroll. Després, com a disculpa, prepararà una cafetera ingent, i quan bulli l'aigua i xiscli el vapor, ens enlluernarà l'agut avís de l'endemà.

Nit de cap d'any de 1995.

Tindrem vint anys, i encara creurem en el fastuós conte de l'eternitat. Haurem preparat la nit a consciència. La nit contindrà el ritus que ens unirà, que encara voldrem. Serem molts i coneguts. Haurem llogat una casa de parets pastel a la costa francesa. Una aventura de quaranta-vuit hores. Un flirteig a deshora amb el mar. Haurem posat tant pel menjar, tant per la beguda. Portarem un aparell de música, també una caixa amb els compactes de cadascú. Tantes cançons que encara ens glossaran. Pactarem un ordre, una jerarquia de preferències. La nit serà una cerimònia. Una il·lusa consagració de nosaltres.

Tu apareixeràs quan comenci la tarda, amb un jersei verdíssim i moltes ganes de ballar. Et diràs Clara i seràs la voladissa amiga d'algú. Enmig de les salutacions, t'adonaràs de la meva presència al balcó, la silueta ajaguda d'un home a mig fer a través d'uns porticons entreoberts. Els obriràs de bat a bat, t'acostaràs, m'allargaràs la mà, el teu nom. Jo pronunciaré el meu, l'única certesa que sempre portaré a les butxaques. Després de saludar-te, continuaré amb les meves coses. Primer no sabràs què fer-ne, del meu fingit desinterès. Però seuràs decidida al meu costat. Serem de sobte quatre cames flexionades, desiguals, sota un tebi sol d'hivern. Em preguntaràs qui són les persones de la fotografia d'un llibre que tinc a les mans. «La dona de la carreta», t'explicaré, «és Lou Andreas Salomé, i els dos homes que l'acompanyen, Paul Rée i Friedrich Nietzsche. Un trio ple d'equívocs.» Com qui explica un secret candent, et diré que s'havien fet aquesta fotografia un estiu a Lucerna, que el fotògraf havia demanat a Lou Andreas Salomé que pugés al vehicle i que fingís que fustigava els dos homes amb un fuet, mentre ells actuaven com a animals de tir. «És una fotografia molt estranya», diràs, «aquesta gent és estrafolària». Es farà un silenci brut. Jo dissimularé el meu enuig oferint-te un cigarret: «Agafa'l, convido jo.» Però les teves paraules, espontànies, flonges, dites sense cap intenció, m'hauran cremat com el dard d'una flama. «Salomé», trauré forces per dir-te, «va fer d'aquestes oracions que ara et diré el seu lema: "El món no et regalarà mai res. Si vols tenir una vida ben teva, roba-la."» Faràs poc cas de les meves paraules, les que t'hauré bufat a la cara igual que el plomall d'una dent de lleó, sense saber que, més endavant, en els anys que hauran d'arribar, potser et donaran sentit, o les buscaràs en una cambra fosca, a les palpentes.

Visitarem el poble i portarem flors a la tomba del poeta. Carregats de bosses amb ginebra barata, trencarem amb la nostra joventut creguda el silenci blau del cementiri. Algú rapejarà uns versos desfermats, i tots riurem amb ganes. Encendrem espelmes sobre la seva làpida i mirarem al cel esperant un senyal del més enllà. Ens en cansarem aviat i farem una avantsala de la festa en un bar, on tu, Clara, preferiràs riure i beure al costat dels altres. M'observaràs, et preguntaràs què hi faig allà, potser hauràs mig intuït el meu rol dins del batalló. Sempre des d'una certa distància. Des del teu angle de visió. Ja no voldràs saber res més de mi. Tampoc durant la nit, quan jo et buscaré cosit de deliri per entre la gent, quan encara seràs per a mi una hipòtesi, una meravellosa teoria provisional.

En aquella celebració, encara en sabrem molt poc, de la nostra incompetència. Farem que la nit comenci aviat. Algú proposarà que amaguem tots els rellotges i celebrar el canvi d'any a una hora atzarosa, com una gran gosadia, un acte trampós de llibertat. Durant el sopar parlarem de concerts i de la televisió, molt poc sobre una guerra que s'acaba, vergonyosament aliena, i massa sobre nosaltres, rodó centre del món, i sobre tot el que ens haurà de passar, encara tan plausible, encara tan possible. Brindarem pels nostres noms, pel nostre cercle reduït d'ànimes.

En el cap d'any de 1995, encara sabrem qui som: ja ho desconeixerem més endavant.

Tots ballareu, jo no. M'hauré fet rígid i insegur a còpia de desenganys. Desenganys de poca volada. Com sempre, hi haurà apostes per trobar qui em tregui a ballar, a mi, a l'amic singular, a l'aprenent de cavil·lós. Entremig de les vostres juguesques, jo faré intents de moure'm, de deixar-me anar. Mai no sabreu de quina manera el meu cos haurà lluitat contra la incapacitat del ritme i de la projecció. Us donareu cops de colze i m'assenyalareu, la teva amiga i tu. Cops de colze com punyals, Clara. Borratxo, m'acostaré fent tentines. Parlar amb seguretat serà un exercici impracticable. Sempre més ho serà. Però vindré: podré venir. T'agafaré la cara amb les mans, suaument, amb delicadesa, a tu et semblarà que amb certa violència, amb massa ímpetu. No entendràs, Clara, o Salomé inquietant, que m'hauré serrat al teu cos perquè em menis, com al bestiar. Lluitaràs per desfer-te de mi, escopint-me desengany prematur. Em costarà d'assimilar la teva empenta, la meva pobra resistència, la caiguda entre cames, les mirades dels altres, el recobriment de la vergonya.

Marxaré una estona de la festa. Passejaré pel costat del canal. Hi haurà dos gendarmes caçant ampolles de vidre amb una xarxa i entre la brutícia de l'aigua veuré, Clara, el teu jersei verd, inflat com una vela empesa pel vent, i un doll de cabells teus com raigs de sol, estesos, radiants. Et juro que t'hauré vist al canal, i que el teu cos no serà més que un pes inert, flotant entre una marea de vidre. T'hauré vist, però només serà un desig momentani, una construcció secreta. La meva primera maledicció d'adult.

Tornaré cap a la casa, fent del meu camí recte una ferralla de corbes, i escoltaré com celebreu l'any nou a una hora inexacta, a una hora vedada. El cor sonor de les vostres veus em tirarà enrere. Em quedaré una estona estirat a terra, sentint el paviment fred a les meves vèrtebres, ensumant la improbable aroma de lavanda. Quan retorni a la festa, la música m'eixordarà i el nostre món de fireta, malgrat la meva absència, no haurà parat ni un segon de girar.

Al final serà hora d'anar a dormir, d'anar passant. Per força haurem d'adormir aquesta nit per tenir-ne d'altres. L'esbufec de la cafetera encetarà un nou dia, un nou any, empaquetarem el que quedi de nosaltres per tornar a casa. Tu, Clara, ja no hi seràs: hauràs marxat per sempre, molt abans de la sortida del sol i del cafè, de qualsevol inflexió del silenci.

D'aquesta nit de cap d'any de què ara et parlo aviat ja farà una colla d'anys, una estranya i enganxosa infinitat. Amb el temps en futur, semblarà que encara ha de passar i que, a pesar de tot, la podem canviar. Tots nosaltres ens erigirem com la imatge nítida i sencera d'una possibilitat. Perquè després d'aquella nit, i d'altres nits que hauran vingut, haurem, a la fi, esborrat la festa. Ensenyarem, construirem, bescanviarem amor i injúries, ens enganyarem amb falses promeses, amb un motlle de vida on encabir-nos, serem pares i mares, i també solitaris i orfes. Quan de tant en tant ens retrobem, ens detestarem fraternalment, com de reüll. Sabrem que ens hem fet grans quan ja no existeixi cap recel i ens empassem d'una vegada que la nostra inoperància ens ha vençut, a tots. El món no ens haurà regalat res, ni nosaltres al món. Haurem de robar una vida. Si és que encara la volem. Si és que encara hi som a temps. Com que tu i jo mai més no ens haurem tornat a veure, podrem repetir la nit i redreçar-la. Pensem-hi, en aquesta possibilitat. O siguem aquesta possibilitat. Clara.

ROBAR

Vaig començar a robar amb humilitat, pel nivell més assequible: monedes oblidades en màquines de cafè, bolígrafs desacompanyats, una bufanda vermella, un joc de claus. Petits saquejos. Senzilleses. Pròpiament no es podia considerar un delicte. Més aviat, eren trapelleries amb caràcter retroactiu d'una adulta displicent com jo. El següent pas del meu procés (per què dir-ne *malaltia*, si la consciència era plena?) em va portar a oficialitzar l'objecte del desig i a estirar el correu de bústies alienes. Val a dir que en vaig aprendre ràpid, i que m'apropiava de les cartes dels altres amb la naturalitat d'una maga. Controlava els horaris de repartiment, la freqüència de recollida, els períodes de vacances dels veïns, les bústies engreixades. A casa classificava les epístoles en rebuts, notificacions, propaganda, programes musicals de temporada, ofertes de dos per u. Una sola vegada vaig satisfer el meu anhel romàntic de trobar una carta escrita a mà.

Després de les menudeses i els correus personals, em vaig començar a avorrir. Tedi. Repetició. D'alguna manera, es va perdre l'entusiasme. Era la viva imatge d'una cleptòmana estàndard amb poca personalitat. Com que mai no m'enxampaven, tampoc no podia sentir la culpa o el penediment. D'altra banda, a casa es començaven a acumular els objectes robats; tret de l'anàlisi de les despeses de telèfon dels meus veïns, la resta no tenia cap interès. Fins i tot el psicòleg que em feia el seguiment (jo mateixa em vaig empènyer, *motu proprio*, a analitzar-me aquella tendència) va estar a punt de donar-me l'alta: imagineu-vos el desencant que em corroïa. No ho va fer, perquè el meu historial prometia coses interessants, però em va citar per al cap d'un any, quan ja seria massa tard.

I és que un dia et deixen de passar coses i la vida es torna lenta i pausada com un teatre japonès. S'acaben els sotracs. El regust de les sorpreses. Tens un contracte indefinit, un cotxe gairebé pagat. Una salut acceptable, un pes correcte. Es fa un silenci. *Aquell* silenci. Una capa de verdet, ressec, eixut, enganxat a la maleïda roca que és la teva ànima. I tu hi penses, en tot allò que et diuen que està tan bé i que a tu, suposadament, t'ha de caure tant en gràcia. Un estat de complaença i benestar. Voldries ser grollera i retornar aquest regal que t'han concedit, però no saps a qui, ni per què. El trobes inadequat, de mal gust. Sobretot, molt prematur. D'una precocitat preocupant. Com si a l'espectacle del teu futur en perspectiva li haguessin començat a desmuntar els focus i el proper pas fos desmantellar-ne, tub a tub, la bastida.

Tot això per dir-vos que hi vaig tornar. Aquest discurs d'immaduresa, de desenvolupament psíquic pobre, és per confessar que, després d'un període d'inactivitat, vaig reincidir. Aquesta vegada, amb més creativitat. Amb un punt de desobediència civil. Descollava amb un tornavís les matrícules dels cotxes i les ordenava a casa per antiguitat. Solcava l'asfalt amb carrets de supermercats diferents. Arrencava cebes d'un hort urbà. Reixes del clavegueram del carrer.

I va ser llavors quan em vaig apropiar del con de senyalització. D'aquells que marquen els carrils addicionals a les autopistes o t'avisen de l'existència d'un forat cavernós en el paviment. Era blanc i taronja, de plàstic gruixut, amb una base de cautxú de color negre. Pesava força, em vaig afanyar a emportar-me'l; tot i que era fosca nit, el con era reflector i em delatava com el recel d'un gat en les tenebres.

Durant uns dies, el vaig col·locar a l'entrada de casa, sobre l'estora de benvinguda. Però ningú no se'n va adonar. L'acte en si contenia dues infraccions: robar i mostrar amb orgull l'objecte robat. I un avís: Alerta, vida en obres. Massa retorçat? Sempre que espero una resposta que no arriba a algun dels meus actes, tendeixo a culpar-ne els meus plantejaments dèbils, mai la indolència dels humans.

De tots els objectes que havia robat, el con va ser el més estrany de tots, un punt d'inflexió. El con va encetar una etapa vindicativa i de recerca. Perquè ningú no va captar el simbolisme d'aquell objecte manllevat que presidia la porta de casa meva, la seva mirada estrident, interpel·lant. I jo havia farcit fins al límit el meu espai físic, em negava a apilonar més andròmines forasteres. La nova fase del meu procés furtador contindria en si un objectiu molt més transcendental. Un intangible. Una reivindicació personal, una lluita íntima. Havia de dir prou a l'ociositat vàcua i a la queixa per la queixa. Robar no podia ser *només* l'entreteniment d'una ànima cantelluda.

Per això em calia, de manera ràpida, un replantejament. Que robar fos bàrbar. Important. Transgressor. Delinqüencial. Robar havia de ser gran.

La part més difícil va ser aconseguir una pistola. En aquesta ciutat carrinclona i grisa, em va costar de veritat. Vaig haver de recórrer els baixos fons, negociar amb persones que, d'entrada, només veien en mi una ingènua social prenent apunts per a un psicodrama.

Vaig començar a seleccionar les meves víctimes, com he fet avui amb vosaltres, amb exigència i serietat. Homes i dones per igual. Els trobava, sobretot, sortint de les facultats o dels concerts. A la platja, de matinada, xisclant de fred, completament nus. Fumant i bevent a les terrasses dels bars, a les escales de la catedral. Vestien amb orgull la certesa del camí per recórrer, eren part de la manifestació de la vida per davant. Duien ulleres extremes, *jeans* gastats, ballarines platejades, samarretes fines, gossos salvats d'una mort segura. Transpiraven interès, atractiu i democràcia. Brillantor, sagacitat, manca d'estúpida humilitat. Aviat es llicenciarien i es matricularien en doctorats, o escriurien novel·les, articles sobre política actual o sobre els entrellats de la ciència. Tot molt aviat, molt ràpid. De manera brillant. Amb desimboltura. Eren ànimes descalces i segures, golafres de món. Joves promeses, saba del demà. A cop d'ull, cap d'ells tenia més de vint anys. Eren els propietaris legítims d'una cosa que jo havia perdut i que ara necessitava expropiar.

La manera de portar el robatori a terme no em va costar de dissenyar. Vaig comprovar que, amb el meu aspecte tan corrent, no espantava ningú. L'entrada m'era fàcil i neta, sense enrenou: vosaltres també ho podeu corroborar. Només quan treia la pistola les cares es tornaven lívides. Suposo que tenien por que els demanés diners: en els diners sí que hi havia privacions. Però la por els durava poc. Tan aviat com escopia la meva petició (Escolteu-me bé: vull la vostra vintena), una estupefacció general seguida d'una rialla molt molesta ho espatllava tot. Segurament era culpa meva. Havia de ser més explícita amb el concepte. Així que vaig endurir les meves paraules (Poca broma: *exigeixo* la vostra vintena). Però mai no funcionava. No en rebia res, tret de respostes immerescudes:

—Torna a casa, amargada.

—Toni, no era la teva professora d'anglès, aquesta?

No en volien saber res. Continuaven el seu camí, a vegades algú es girava per observar-me, plantificada al final del carrer.

Mai no vaig rebre cap almoina: ni un any, ni un sol dia sobrer. Una vegada algú em va mirar amb una tristesa infinita. Què havia de fer, sinó agrair-li el gest? I fins aquí. La quimera gravita encara en una òrbita llunyana. Contínuament tinc temptacions d'abandonar el meu propòsit, per no afegir més inutilitats a la meva carrera de vida. Resignar-me. Arronsar les espatlles davant l'evidència. Però frueixo amb l'assaig, amb la temptativa. L'intent em fa més digna. L'intent, i també la reflexió.

La lectura poètica i heroica de tot aquest meu procés és tan lícita com la seva crítica sagnant o la burla més absoluta. L'acte en si entranya un punt de denúncia egoista i somnífera. Ho accepto. Però, si s'estén, podria arribar a ser una reivindicació col·lectiva. La gent encara em pren per una tarada, per fruita macada en els sotracs de la crisi. En realitat, sóc filla de la desídia i de la facilitat, del no actuar quan calia, del descuit. Tan vulgar és la meva causalitat. Podria recórrer a la dissimulació, com fa la majoria, a l'anar tirant, a la vida inconscient, a l'automatisme. Però jo he triat robar.

I ara lamenteu haver-me obert la porta i haver d'escoltar aquesta història absurda i discontínua, amb el canons de dues pistoles (perquè en vaig aconseguir una altra) apuntalades al vostre crani portentós i jove. Bé: penseu el que vulgueu. Les meves pretensions són sinceres. No hi ha una agenda oculta. De moment, mentre jo continuï el meu discurs, la meva justificació, sou ben lliures de jutjar-me. Però aquest no és un número d'humor blanc, d'una llunàtica amb un con de senyalització al cap i la seva xerrameca. És una qüestió molt seriosa. I tranquils, no premeré el gallet. La pistola és un bluf: morts no em serviu de res. Encara que avui la vostra joventut us faci sentir ferms i forts, no em fareu fora de casa vostra tan fàcilment. Amb el pas de les hores, lligats a la cadira, amb la boca taponada, acabareu sucumbint al badall segur, a la son prepotent i contagiosa de la joventut, i quan això passi, jo, contenta d'haver afinat en els meus procediments, m'emportaré d'una revolada (queda per saber què en faré, d'aquesta segona oportunitat) els anys de la vintena que encara us queden per viure. Abans no us rosegui el silenci.

PINA

J'étais si près de toi que j'ai froid près des autres
Paul Éluard, «Ma morte vivante»

Amagat rere una columna, dic adéu a la Pina. Mai no sé si serà un comiat definitiu, o si tornaré l'endemà per escrutar-li de nou els moviments. L'espero aquí cada dia, perseverant i puntual. Mormolejo per a ella paraules que s'evaporen en el canal de l'aire. Expectant però pacient, suporto les inclemències del temps gràcies a la convicció del fanàtic. La columna és el meu arbre, el meu parapet, un contorn de barricada.

La Pina recull la minúscula parada al capvespre. Cobreix amb una tela de feltre els penjolls, els anells i els braçalets, després converteix la parada en una maleta. No mira a ningú, ningú no la mira, excepte jo. Tragina la maleta, el pes li descompensa les espatlles. Camina ràpid. No s'atura. El frec de les cames musica una amenaça invisible i constant. Tot allò que la vesteix, la constreny: l'abric negre cordat de dalt a baix, la tibantor del cabell que li ofega la closca, les atapeïdes sabates de cuir. L'ànima poruga. L'erotisme anestesiat.

Cada dia persegueixo un fotograma. Una imatge. Un instant amb poques variacions. La Pina recollint la parada. La Pina pujant a l'autobús. Darrere d'aquest moment, sóc una estàtua humana. No represento res, no espero recompensa, potser només un senyal. Aspiro a ser la semblança d'una ombra, d'un perfil que repeteix cada dia els mateixos gestos d'abandó, amb idèntica indolència. Arribar. Esperar. Jeure al terra. Recollir. Arrossegar els peus. Marxar. M'agrada mirar-la, acomiadar-me d'ella. Encara manté el cos de gràcil ballarina. A estones, recupera la bellesa crua i somnífera que va burxar l'home-bèstia dins meu. Altres vegades és una garsa de vellut, encongida i fosca. Agito la mà fins que se'm perd la seva figura, Adéu Pina, el seu clatell de lliri marcit. Fins que deixo de sentir el dring de la bijuteria barata picant contra la fullola.

¿Parlo dels seus peus? Els peus de la Pina eren dos poms de dits ossuts i deformes. Dos peus orfes, sense pares, ni abric: només un cos vertical a qui fer companyia. Peus que volien ballar: contra tot pronòstic, contra tot consell. Peus tímids, humils. Peus amb els ulls clucs: per sentir la gravetat, el balanceig. Peus pensant el moviment. Peus escrivint el moviment. Peus enfangats, nits sense dormir; l'extenuació a canvi de saciar la passió. Parlo dels seus peus, i també de les cames, del moll dels seus ossos. Peus fent esforços i assaigs desesperats. Irònics a vegades. Seriosos, abismals. Peus assajant fins a l'extenuació. Peus devots de salts i de passos preestablerts. Peus masoquistes, famolencs, cansats. Peus de Pina emulant l'altra Pina. Peus d'eterna principiant. Peus de segona ballarina, de tercera, de ballarina a l'infinit. Peus multiplicats; un zoòtrop de peus. Peus humiliats per una oportunitat que no arribava mai; el martelleig d'un somni: Ser, Importar. Una nit, els peus de la Pina la van portar fins a mi. Cap a mi. Davant meu. Sota meu.

Pina: entre tu i jo hi havia un bosc de cadires i una paret per estavellar-nos. Quan hi penso, em fa tant de mal, que no puc ni aixecar els braços.

¿Parlo de mi? Jo era un amant corbat i punxegut, com un garfi. Megalòman, morfinòman, d'animositat transparent. Aquest vaig ser jo, el pare protector i la mare amorosa de la Pina. Ella s'apinyava al meu voltant com un cabdell de ferro. Fregava pacient les seves mans contra les meves i xiuxiuejava: Sóc tan a prop teu, que tinc fred al costat dels altres. Pobra Pina, *Meine Liebe* Pina: sempre buscant un aplaudiment, encara que fos només el meu, un *clap* solitari, un ressò amargant. Quan recordo la seva aplicació, la seva obstinació sense compàs d'espera, m'enriolo com un boig.

Pornografia, Pina: allò teu era pornografia.

Cada dia repetia: «Aviat arribarà la meva oportunitat.» Ho pressentia. És clar: la paciència és l'as a la màniga del mediocre. Quina llàstima, no poder preveure el que realment vindrà: no somiaríem tant, no divagaríem tant. En lloc d'un prosceni, un mercat diari. En lloc d'una companyia nacional, una condemna solitària. Cap consagració de la primavera, cap coreografia animal: només una vida minúscula, reduïda com el perímetre d'una presó.

Pina, Pina: perdona que et repeteixi amb tanta insistència, que et reiteri fins a la sacietat. Aquell dia vas entrar per la porta plena de joia i amb ganes d'agrair-m'ho tot. Que fràgil que és la felicitat, que trencadissa. El teu entusiasme, afilat i penetrant, em va ferir com un tall al coll. Volies volar, algú t'havia dit que podies volar lluny de mi. Però els peus no volen, Pina, només en la mitologia. Abans que te'm poguessis escapar, et vaig capturar. Et vaig retenir al nostre llit d'ungles, al meu reialme. És clar que sí: em vaig apoderar de tu. I quan et vas sentir prou valenta per alliberar-te del teu amic enemic, et vaig tornar a perseguir. Quina presa tan fàcil, quina talla tan magnífica. Vas rodolar per les escales per la pressa de desfer-te de mi, per un desfici inútil, Pina. Amb la precisió del martell, les escales et van esculpir una cama guerxa, una fractura prou estellada per trinxar també la teva única oportunitat. Tot, t'ho vaig prendre: per poder gaudir jo de tu i que de tu no en gaudissin mai els altres, pel simple fet de posseir, per avarícia o per terror, o potser per la necessitat o el costum de ser odiat, odiat, odiat.

Prou.

Avui he tornat a espiar la Pina. L'he vista com sempre, cenyida a un món indiferent. Ha recollit els penjolls, els anells i les arracades, els ha allitat amb el feltre, un cop de vent li ha tancat de cop la maleta. Només havia caminat uns metres quan un jove, descamisat i borratxo, li ha cridat: Coixa! Coixa! La Pina s'ha aturat uns segons, després ha començat a córrer, arrossegant la cama, tota ella massa trencada. Quan ha arribat a l'autobús, ha perdut la visió dels límits: ha estavellat, una vegada i una altra, el seu cos de ballarina contra la carrosseria, després s'ha llançat al terra, ha bramat, s'ha contorçat, sempre ballant, ballant. Esplèndid. Arriscat. Colpidor. Una corrua de gent l'ha encerclada, sense tocar-la. Com podria ara, he pensat, no gosaria ni per un moment, esperar que la meva Pina, Pina Philippina, aturés el seu frenesí per girar-se i estossegar alguna mena de sentiment cap a mi. Plovisquejava. Resignat, he decidit encaminar-me cap a casa. Abans m'he obert pas a través d'un túnel d'espectadors que contemplaven l'escena bocabadats, els ulls marrons de cobdícia, com taronges podrides. No m'he quedat per als aplaudiments.

CHOP-SUEY

T'allunyes de mi. Camines decidida. El teu cos és menut, hàbil de sobres per esquivar el tràfec dels cambrers. T'atures un moment per seguir el recorregut dels plats del bufet giratori. A tu et diverteix, aquest restaurant xinès, per això hi hem vingut. Obres els ulls com taronges, com si contemplessis un oasi el·líptic enmig de les taules. Continues caminant, passes la mà per un tronc de bambú. Després et perdo, la vista no allarga més. Has anat a rentar-te les mans tota sola, per primera vegada. Avui és el teu aniversari. Porto a la bossa el teu regal. Si no t'impacientes massa, esperaré fins a l'hora de les postres. Perquè també he portat una espelma. Per vèncer, tu i jo, la resistència de l'aire.

De sobte, la cadira del davant buida, el tovalló immòbil, la imatge de tu agafant distància. No res, una sensació. Però, ho confesso, m'ha remogut. Això, i les teves paraules abans d'aixecar-te: Explica'm coses de quan vaig néixer, em col·loquen en la latitud del pànic escènic. Gran demanda, la teva, perquè la història no és del tot plàcida, si és que n'hi ha alguna que ho sigui.

Quin t'hauria d'explicar, el conte oficial, o el relat que es torça?

Abans no tornis, he de saber què dir, i com dir-ho. Sovint em passa que explico alguna cosa, però m'escolto donant una versió més reduïda i ineficaç. No em sé fer entendre, em bloquejo. L'eloqüència amb el volum baix és la que millor domino. Tu t'expresses amb paraules, també amb les mans, amb les celles, tota la teva anatomia es manifesta i s'exterioritza. Però jo, abans no enfilis la tornada, he de practicar. I, sobretot, decidir. Decidir-me.

El dia que tu vas arribar al món, jo vaig començar a desaparèixer. Et semblarà un misteri. Miraré de resoldre-me'l abans no m'enxampis parlant-te sola. Vas néixer, i jo no vaig plorar quan et van deixar en els meus braços. Plorar davant dels altres no forma part del Manual de la Contenció. A la clínica t'estaves en un bressol de metacrilat, envoltada de flors. No podíem deixar de mirar-te. De seguida vaig veure que dormies amb una mà sota la galta, com ho faig jo. Em va commoure pensar que t'havia escrit aquest gest mentre et guardava, en el meu ventre. Potser era un gest ben teu, i jo només buscava justificar la nostra presència en el món. Em volia reconèixer en tu. Contemplo ara aquells primers dies com l'última alenada abans de la guerra: la mà sota la galta, el blanc dels llençols, el plor delicat, l'olor de nosaltres dues, juntes.

He demanat al cambrer que ens porti una altra ampolla d'aigua, se m'asseca la gola només d'empassar-me l'inici del meu discurs, tremolo només de sentir la remor d'aquest torrent de lava que se m'escaparà, que no podré aturar. Encara que no ho vulgui, hauré d'accelerar aquest rampell confessional; en qualsevol moment tornaràs i jo m'hauré de concentrar, de retornar al present d'aquest dinar xinès que ens hem promès per a avui. Quan t'asseguis davant meu, t'ensenyaré a menjar amb els bastonets, i t'hauria de poder fer el regal de callar.

Noto que tinc necessitat de dir per entendre, i d'entendre per començar a endreçar.

Tu vas arribar, jo vaig marxar: bona correspondència, però no és tan exacta, ni tan rigorosa. Faig coincidir els esdeveniments perquè em facilita la tasca. A vegades em permeto aquesta llicència. M'avalen anys de desconcert. És difícil recular fins al punt d'inflexió, a l'equivocació primera. Gairebé impossible respondre al per què: no hi ha un sol motiu, un antecedent aïllat. Tu vas néixer, et vam portar a casa, a la teva habitació malva, molt pensada. Vam aixecar les persianes perquè hi entrés sempre el sol, tota la llum. Va ser un armistici. Un obrir i tancar un parèntesi molt breu. La suspensió provisional d'un joc d'hostilitats contra mi que aguditzava amb la responsabilitat de tenir-te. No vaig trigar a deixar de ser-me amable. Coneixia la sensació de no quadrar enlloc, que ara es repetia i es feia una ombra gegant als meus ulls. Jo, la forastera a qui volia haver despistat en un revolt dels dies de treva, no parava d'interpel·lar-me amb severitat: Quan vas deixar d'escoltar-te, per deixar de ser tu? I continuava: Com t'ho faràs, a partir d'ara? Qualsevol de les dues preguntes, necessàries, m'impedia d'avançar, em feia construir epistemologies infernals, paralitzants.

Potser avui no és el moment, i jo voldria ser capaç de mossegar-me la llengua, o de masegar-me el pensament, però algun dia ho hauries de saber: quan la raó no pot més, quan pesa massa, sovint el cos s'imposa. Crida i calla alhora.

De seguida van esclatar mesos estrambòtics, de voltar amb tu pels carrers, d'entrar a botigues, de comprar coses inútils, de rebregar cartes sense obrir a la bústia, d'intentar ofegar-me dins d'una tassa de cafè, de no respondre a les trucades dels amics, de pujar i baixar de trens sense rumb fix, sempre amb tu, sense abandonar-te mai, d'intentar posar ordre als armaris, a tots els llibres, a totes les negacions, als últims anys. Les mans que empenyien el teu cotxet eren unes mans d'impostora, ossudes, lletges, odioses. Provava de no mirar-les, però eren les mateixes que et vestien, que et banyaven, que et feien pessigolles. No podia guillotinar les mans que tenien cura de tu. Era important que tu creixessis; la resta, les mans, la desaparició latent, la penombra, el sentiment d'arribar tard per tot, eren parts d'un procés encara desconegut, d'una inèrcia afilada. I encara que no t'ho creguis, vaig lluitar, a la meva manera.

Al *Conte d'hivern* de Shakespeare, Hermione també demana a Mamil·lius:

—Explica'm un conte.

I Mamil·lius respon:

—¿Com el voleu, senyora, alegre o trist?

—Tan alegre com desitgeu —respon Hermione.

—Però un conte trist és millor per a l'hivern —diu Mamil·lius.

Què és ara, per a nosaltres dues, en aquest paradís asiàtic, estiu o hivern? Si t'explico el conte trist, sabràs que jo volia Ser amb tu, però també Ser sense tu, i potser encara no és l'hora. No és culpa teva. Tu havies de créixer. Jo havia d'alliberar-me, de deixar anar llast, perdre grams d'incomoditat, greixos d'insatisfacció, residus d'autoculpa. Negar-me a vestir l'esportiu vestit del desencaixament. Filtrar, drenar, purificar. I al final, tal vegada, desaparèixer.

Vas néixer, i a mi em va semblar que havia de fer balanç, un còmput d'errors, trobar la manera de mesurar-me. Em pesava massa a mi mateixa. Vaig començar a desfer-me d'excedents, com si portés molta roba i molt bruta i després m'hagués de fregar molt fort, com si fos necessari polir-me els caires vius, o llimar-me una capa de vernís fixada durant anys en la pell. Però en la mateixa expulsió, en el mateix acte d'higiene, vaig foragitar també el riure, el desig, tota la literatura que havia engolit, la que havia acumulat per sobreviure. Tantes vegades que els llibres m'havien salvat. Vaig allunyar-me de totes les fams. Llavors vaig deixar de menjar. Per arribar al pes zero.

En aquella època jo llegia *Cartes d'aniversari*, de Ted Hugues, i en els versos d'aquella elegia brutal hi creia veure estelles del meu propi naufragi:

Recordo els teus dits. I els dits de la teva filla
recorden els teus dits
En tot el que fan.

I em sembla que trigues massa, segur que assages posats divertits davant del mirall, que proves tots els dispensadors de sabó. Quan torni a passar per davant meu un *chop-suey*, el caçaré. És un plat exòtic, fet de carn, gambes, api, soja, gingebre. Un menjar ple de vida, acolorit. Sabies que *chop-suey* significa 'trencar en molts trossos'? Menjar-te'l deu ser com tornar-los a amassar dins teu. No t'ho puc dir, perquè no hi ets encara. Sospito que no tornes per permetre que m'expliqui, perquè jo pugui avançar i descobrir d'una vegada com vaig ser capaç de recompondre'm, com ho fa el *chop-suey* dins de l'estómac. Perquè avui m'assec en aquesta cadira, tota sencera, d'una peça. Si fossis aquí, al meu davant, t'explicaria (o no t'ho explicaria: encara no ho sé) com vaig malviure els mesos següents, que un dia es van disparar les intranquil·litats, i la meva invisibilitat es va fer manifesta als altres: uns braços com canyes, un cinturó cada vegada més estret, una marejada debilitat, un munt d'excuses i de mentides. Un gran cabàs d'excuses i mentides. Una nit vaig beure molt per culminar el procés, per matar la bèstia amb alcohol. L'endemà vaig examinar el meu cadàver en el mirall: gloriós, raquític, apoteòsic. En la pura decadència, però, en el reflex morbós de la meva trista figura, tampoc no m'hi vaig reconèixer. L'estranya no era jo. La mare no era jo. L'espectre descosit no era jo. Hauria de trobar-me, per simple eliminació, classificada en el departament de les causes perdudes. Són qüestions que s'han de resoldre, o et difumines.

Com explicar què va venir després? Com fer-ho, perquè les coses no semblin ni tan terribles ni massa fàcils? Un dia d'aquell mateix estiu et vaig comprar un banyador de color rosa, de cos sencer. Tu no suportaves l'aigua freda de la platja, ni la imprevisió de les onades. Et feien esgarrifar. Te m'arrapaves. Jo m'arrapava a tu. Flotàvem juntes. Ja no em volia deixar anar. Em vaig començar a intuir de nou, com si la pressió perduda es tornés a elevar amb el contacte íntim dels teus braços menuts. Flotar amb tu va ser un vers ple de calma. Tu vas ser la meva balisa. Un aliment. Una oportunitat més.

Però encara no tornes, pateixo per tu. A la taula del davant hi ha un home que em mira tota l'estona. Dissimula, juga amb un bolígraf, també espera, espera, no sap què fer- ne, de la seva impaciència. Potser m'ha vist moure els llavis, el desgovern en la mirada. No sospita que recito tota aquesta lletania en silenci, que m'estiro un mocador de la gola que em fa venir nàusees, que el pes m'angunieja, a vegades, quan hi penso. Potser ell em sabria dir què he de fer, què hauria de dir-te.

Més endavant, vas començar a dibuixar-me, primer amb pocs traços, després fosa en un món de color. La teva destresa en pràctiques, bonica coincidència, em va treure d'un forat que tu no veies. Em vas anar vestint amb faldilles llargues, cabells de seda, collars de perles. Una vegada vas dibuixar un coet, i a mi dins del coet, llarguíssima i vertical, a punt per tornar-me a enlairar. Tu potser no ho recordes. Els teus dibuixos em van salvar la vida. Aquesta expressió sembla inflada, però és així. Tu em vas avergonyir la desgana, i també la mort. Em vaig quedar amb tu per formar part del teu univers en constant evolució. Des d'una lluna esfèrica de les teves, descansant en un cràter, et contemplo encara, assossegada. Res no tornarà a ser com abans. Però per què ho hauria de ser.

Ja t'apropes, camines decidida, sorteges les taules del restaurant. Es veu de seguida: t'has fet gran. Tenim l'arròs i el *chop-suey* damunt de la taula. A la meva bossa, un regal i una espelma. T'asseus al meu cantó. Preparada? Primer mengem, després t'explicaré la nostra història: serà tan alegre com tu vulguis. Separo els bastonets, passo el braç per darrere teu, t'agafo els dits i te'ls col·loco en la posició correcta.

Tinc tanta gana, exclames.

I jo també, em sento dir: Més que tu.

L'OBSERVATORI

Les persones són la meva matèria primera: mercadejo amb elles per viure. D'una en una, les atalaio i les selecciono, pondero el seu valor, investigo les harmonies, els refusos. Confesso que, durant uns minuts, les habito. Després me n'allibero i torno al meu lloc, sense que ningú no hagi advertit cap sotrac o moviment vacil·lant, perquè el braç usat reposa on reposava el braç, les cames descarreguen cap a la mateixa banda, i l'esperit prestat resta intacte.

Aquest cafè tronat és el meu laboratori, el meu observatori, la meva oficina de transaccions personals. N'hi ha que van a un cafè i escriuen durant hores. N'hi ha que van a un cafè i suen i arruguen tots els diaris, en fan un plec irreconciliable. N'hi ha que van a un cafè i maten el temps, no importa com. Jo vinc aquí per necessitat. Per, entre glop i glop, deixar de ser, d'una manera terapèutica, jo. Consumeixo sovint, te, cafè, per no aixecar cap sospita d'atròfia o de neurosi, perquè no diguin: «Oh, que estranya», perquè no diguin: «Oh, per què no marxa ja, d'una vegada».

Ara mateix, per exemple, acabo de sortir d'una jove pèl-roja. Essència infantil, cos de canya, dents perfectes: m'ha decebut, perquè potser n'esperava massa. La llei de l'oferta i la demanda: entre persones, sempre desequilibrada i abusiva. La pèl-roja tenia pressa, es notava que estava nerviosa, perquè comptava les monedes i s'ha equivocat tres vegades. Al final m'ha empipat que adoptés certes formes abruptes amb el cambrer, com si la incompetència pròpia fos culpa dels altres. Quan l'he abandonada, m'he sentit molt lliure. A vegades, sobretot quan el comportament de les persones ratlla la mala educació, agraeixo retornar a mi. No necessito més febleses i errades: amb comptabilitzar les meves, ja en tinc prou.

Treballar de vuit a tres, esquena recta, aparença plebea: aquesta sóc jo. Diletant a temps parcial, dolorosament utòpica. Obedient, sempre. No falto mai a la feina, no falto mai a ningú. Després vinc al cafè, al meu cafè tronat. Percebo que cada dia m'afanyo més, que m'exalto amb la perspectiva d'arribar i començar amb els meus exercicis d'evasió. És així de simple: em deixo emportar. ¿Per què ho faig? Em sento embussada: podria gratar en les raons fins a sagnar, i no en trobaria el motiu.

Les tardes que plou, tots els buits del local s'omplen. Les cadires aguanten el pes feixuc de jaquetes i bosses. Les finestres exsuden, l'espai es descompensa. Les tardes que plou, hi ha molt per triar. Inspiro, expiro, les possibilitats es multipliquen com flors, alleujades, imprevistes, xopes, contrariades. Sempre és un gest o una actitud el que em crida l'atenció, o una frase agafada al vol: Demà a les cinc, Acompanya'm a fumar, Com vols que no m'emprenyi, T'està bé, aquest vestit.

Només són cinc minuts, potser menys. No necessito ni tancar els ulls, és un acte conscient i ple enmig del deliri. No he de demanar permís. És indolor, innocu. Viure moltes vegades. No és lícit, això? Insisteixo: no ho és?

El meu nom és Anna, Ulrike, Joseph, què sé jo. Sóc guia turístic, el grups de japonesos de fora van amb mi. Treballo en el món de l'empresa: redacto informes. Sóc actriu, assajo *Les tres germanes*: aquesta vegada interpreto a Maixa. Treballo en el món de l'empresa, però em sembla que això ja ho havia dit. Escric, però mai el que jo voldria: els números no s'assemblen a les imatges que jo m'afiguro. Lorna, Anna, Joseph, Ulrike, Maixa. Algun dia m'agradaria ser un nen, innocent i sense obligacions, potser aquell d'allà, el que ara representa per a la seva mare una llegenda en un teatre de cartró i mou personatges impàvids amb palles de plàstic. També m'agrada aquesta noia que ara arriba, se la veu poca cosa, però sembla hàbil, sembla feliç. L'amiga que l'acompanya és estrident i lúdica, engoleix un croissant, ha lligat el seu gos a la pota de la taula, li acarona la closca, gran consol per als infeliços. Potser tot és una aparença, un engany, un simulacre. Potser no tinc valor per dir-te tot això, no té cap preu en absolut: jo només busco canviar-me per tu o per ella, només una estona, un lapse de temps que a tu no et deixarà petja, no et significarà res, i a mi em donarà més vida, més alè. Et demano que no et moguis ni un mil·límetre, que no t'aixequis, que el meu impuls no et faci sentir estrany, incòmode...

La noia de celles fecundes que seu al costat de la porta té un aire de pel·lícula antiga, de fotograma sèpia. Tota l'estona escriu en un bloc, després retalla i enganxa bocins de paper que troba enmig de les pàgines i que no aconsegueixo distingir: fotografies, retalls de diari, entrades de cinema. M'encurioseix la seva dedicació, petita i neta com les mans que l'executen. El convenciment absolut en tot allò que fa. No li trec l'ull de sobre. Simpatitzo amb el seu moviment o, més ben dit, amb les raons ocultes que l'estimulen. La seva artesania interpel·la la meva manca de destresa; la pau que emana, la meva contrarietat de viure.

Per això, quan abandona el local, trio seguir-la. Per primera vegada, no en tinc prou. Surto del meu reducte. Gairebé sento el pànic, però surto. Cauta i sigil·losa com un gat de carrer, continuo l'idil·li, sense consumar-lo del tot. Primer sembla que la noia fa temps, que vagareja. Els carrers són una espiral amb un centre imaginari. Entra i marxa de les botigues; compra fils i uns botons i una barra de pa que devora pel camí. Després seu en un banc del parc, fuma un cigarret, traça amb carbonet l'esbós d'un paisatge al bloc. El temps l'absorbeix mentre pinta. Considera el seu dibuix en silenci. El seu dibuix és la matèria primera d'allò que algun dia serà, i que jo mai no veuré. Li atrapo la mirada; intento, en va, traduir-la en paraules. És pulcra i calmada, de rúbrica clara i lenta.

No nota la meva presència, ni la precaució devota que mantinc des que hem sortit del cafè. Per a ella sóc invisible. No veu, quan s'atura a cordar-se els botons de l'abric, que sóc al seu costat i imito la cadència dels seus dits. Res. Tampoc quan reprenem la marxa enmig d'una tempesta inesperada i correm i ens engoleix una boca de metro, ni mentre baixem les escales i gairebé ens entrebanquem, ni quan deixem que l'aire viciat del túnel ens escalfi els pòmuls. De cap manera em percep quan pugem al vagó i seiem l'una davant de l'altra i els genolls es toquen i ens hem d'esbiaixar una mica per no intimidar-nos, ni quan em dic: «Ara és el moment.» Ella se m'esmuny com una serp hàbil just quan sóc a punt d'atansar-la, de fondre'm en ella, perquè ara és ella qui xucla amb força un senyor gran i serè que seu al meu costat: mirada transparent, front obert, tota una vida entesa. Ella, com jo, tampoc no tanca els ulls, gaudeix sense parpellejar ni un instant: assaboreix la vida aliena, la vida mudable i capritxosa. Les nostres mirades són les mateixes. Em reconec en ella, accepto la pèrdua, la cadena inevitable. Com que no vull malmetre els seus minuts, reculo com un cranc perplex però obedient, sempre obedient, i torno a caure en el compartiment estanc d'on provenia, mentre el metro accelera i les finestres projecten diapositives d'un paisatge que s'atomitza en una ampla fosa en negre, fins que torni a trobar una vacant.

REGALAR EL DESIG

Condicionem els baixos de la casa com si ens hi anés la vida. L'escala de cargol que hi porta trontolla per la novetat de l'esforç. El sofà desplegat li farà de llit. Vollmond s'estarà a casa tres setmanes, per ell espolsem dels mobles la pols dels anys sense novetats. Després anirà a Budapest, hi té uns amics, vol navegar pel Danubi. Ens vam conèixer a Grècia, durant les vacances. Daniel gairebé el va atropellar sortint d'un ferry amb el cotxe al port del Pireu:

—*Fuck off, You fool* —cridava enfurit, i entre l'expiació d'aquell moment i l'ara de nosaltres obrint-li la porta de casa, hi ha el vertigen d'una el·lipsi, un no meditar bé les coses, una amistat molt nova que ja ens sembla vellíssima.

—Has vingut, però potser no et deixarem marxar. —Li ho dic mig en broma i noto que em tremola fins i tot la ironia.

Vollmond ens explica el seu viatge fins a casa. Contemplo l'home que parla i m'escric la seva veu al front, com un pensament de neó. No me'l puc permetre. Me'l miro com qui sospira per un vestit inabastable en un aparador remot. Amb Daniel ens vam prometre civilització i alguna cosa eterna, no sé el què. El matrimoni de les promeses és pesant, sordmut al desig.

La primera nit amb Vollmond a casa és la primera de moltes tenyida d'inquietud, de regirar-me al llit com una bèstia en un sac lligat. Vollmond a baix, nosaltres dos aquí a dalt. És estranya la jerarquia de la nit encesa. Quan per fi m'adormo, em travessa un somni pertorbador. Daniel i jo som a la platja, mar esvalotat. Ell, que és un nedador amb experiència, s'endinsa en l'aigua, el seu cap s'allunya i es confon amb la negror de les onades, entre violentes crestes d'escuma, després s'aproxima lent cap a la platja i agita un braç per saludar-me. De sobte, el mar és una planura, un llençol, però Daniel, que encara no ha sortit de l'aigua, ara ja no sap nedar i lluita per mantenir-se ferm. Jo em quedo clavada a la tovallola, amb els genolls contra el pit, com si no ho pogués solucionar o no volgués, i Daniel se'n va al fons, s'empassa i després retorna, i al final s'ofega en un mar de calma, i jo no entenc per què a ell el mata la calma i no una onada de gran potència.

L'endemà li etzibo a Daniel, com si res: He somiat que et mories.

Vollmond és poeta, fins i tot en l'aparença: sagaç i prim com una anguila. Ha publicat en revistes. Escriu versos des dels quinze anys, deu ser l'edat en què les brides comencen a tibar massa. A Daniel i a mi, que treballem segurs i automàtics, que vivim en el pur sedentarisme de les comoditats assumides, la genuïna representació del seu món ens remou les entranyes. Llegeix en veu alta Joseph Brodsky: «Estimat Telèmac: / la guerra de Troia / s'ha acabat.» Els versos li davallen pels llavis, li esquincen la veu. Jo l'ovaciono dempeus mentre Daniel contempla l'espectacle des de l'angle pacient de la seva sala d'estar interior. Fuma molt, Vollmond, no para de fumar, i amb el fum que expira m'empleno els pulmons, m'intoxico el rostre amb un somriure idiota.

Daniel em pregunta per què s'ofega ell i no jo. I per què jo no l'ajudo a salvar-se. I per què en un mar de calma. Jo callo, em cloc, i em giro cap al meu costat de tot.

Avui que Vollmond torna a ser amb nosaltres, recupero la mateixa lleugeresa, els idèntics ulls de color de gavardina. Li he preparat un niu amb un bec ple d'ànsia. Ell ens ha portat flors i bombons vulgars comprats a l'aeroport. Prenem unes copes de vi al porxo. El vespre és fresc, necessari. Vollmond vol fer dringar amb les puntes dels dits unes papallones de llautó que pengen del sostre i, quan tot ell s'estira, li veig el ventre que organitza la seva anatomia. Em gravo la imatge per fer-la eterna. M'avergonyeixo amb plaer. Més vi, penso, que les copes no respirin. Després, el poeta cantusseja alguna cosa:

—*Kane kuragio, Anna, / Palepse ta hronia.* És una cançó de George Dalaras que vaig aprendre a Grècia —diu.

Li pregunto si sap què vol dir, mentre li passo una cigarreta.

—'El valor és, Anna, lluitar contra el temps.'

—I què més diu?

—*Apopse, Anna, apopse.* 'Aquesta nit, Anna.'

En un rampell, m'aixeco de la cadira i faig un petó a la boca a Vollmond. Riem amb ganes, perquè hem begut molt i no s'activen els sensors de perill. Daniel cau de la cadira com un embalum de cordes. Bum. La barreja d'alcohol amb l'haixix l'abat; desvarieja, diu coses sense sentit, primer em diu puta i després que m'estima, i jo l'acompanyo al llit i l'acotxo a distància, com qui cobreix un cadàver.

Les nits següents repetim la cerimònia. Cada nit és una nit menys en companyia, una nit que resta. Havent sopat, tornem al porxo. Fem arrelar el costum, encara que duri poc. Fa dies que Daniel és un àngel inapetent i borratxo; he de parlar amb ell, però m'hauria d'interrogar a mi primer, i no en trobo l'ocasió. Vollmond l'aixeca per la cintura, s'abracen i bambolegen com dos nens desventurats. Eros emergent i Thanatos oníric. Després ballen, es contorsionen, ridículs i íntims. Emmudeixo quan Daniel crida, enmig del deliri, que se sent feliç.

La felicitat. En realitat, he de recular molts anys per trobar alguna cosa similar a aquest concepte abstracte, que frega l'obscenitat. Durant un temps, quan era més jove, sentia allà on anava la música d'una festa d'estiu. Després la vaig deixar de sentir. I és que l'alegria cansa, o es transforma en una altra cosa que no volem reconèixer. Ara, a estones, em retorna una nova melodia: «*Kane kuragio, Anna. / Palepse ta hronia.*»

Anem al teatre, Vollmond i jo. Daniel prefereix quedar-se a casa. Primer acte. Seiem i tanco els ulls: el teatre és una platja, la mateixa on Daniel s'ofega en el meu somni. Ara els protagonistes som el convidat i jo. Estenem les tovalloles en simetria. Vollmond escriu versos a la sorra i jo em trec la samarreta, sense cap por de mostrar el meu cos, d'obrir-lo a la llum. Mitja part. La realitat se m'escapa, el desig és massa físic. Al bar del teatre, Vollmond confessa que Daniel i jo som un duo estrany, difícil de definir. Jo, en canvi, opino el contrari i declaro que som una parella estèril, de grisor ubiqua, d'amor civil i fraternal, calbs de vida, escurats de passió. Qui dels dos és ara el poeta, dic. I ell somriu, es mossega els llavis, s'empassa la cervesa i mitja vida meva d'un glop. Segon acte. Aquesta vegada no tanco els ulls i m'aixeco la faldilla amb lentitud, per mostrar-li les cames, però Vollmond no se n'adona, no ho aprofita, i jo ja no sé si de veritat m'he ofert i m'he aixecat la faldilla o només és una ambició ofegada, una de tantes.

Vollmond: bitllet d'anada. Vollmond: prerrogativa. Vollmond: lluna plena.

Tornem a casa tard, Vollmond em desitja que dormi bé.

—Que dormis bé, amor.

La paraula em fa embogir. Porto el desig desatès, amalgamat a dins meu, i ja no ho puc suportar més. Primer m'assec una estona a la punta del llit, després em decideixo a baixar les escales com una ampolla que rodola per casualitat, per atrinxerar-me al seu cos. *Apopse, Anna, Apopse.* Unes mans a les meves espatlles em detenen. Em giro, veig Daniel, la seva mirada fora d'òrbita, entelada. Descobreixo que no estic sola en aquest anhel, en la fam retorçada que em persegueix des de fa dies.

—Deixa'm baixar a mi —em diu.

—I com saps que et desitja?

—I com ho saps *tu*?

—No ho sé. Ho voldria.

—Doncs recorda que me'n deus una. Per la vida que em vas ofegar en un somni.

Em fa mal, però permeto que baixi als inferns, que és el paradís, en lloc meu. La nit és freda, com totes les nits sense platja. Em recargolo al llit i crido perquè arribi ben lluny el meu udol, encara que sé que ells no em sentiran. Ara són dos nens que s'estimen i es balancegen i no escolten.

Demà demanaré a Vollmond que marxi. Esmorzarem plegats, amb tota naturalitat. Com persones civilitzades. Després el portarem a l'aeroport. L'observaré mentre s'allunya de nosaltres i es farà petita la mateixa figura que hores abans se m'apareixia gegant. Daniel em donarà les gràcies. «Gràcies? No et vull entendre, no m'has d'agrair res.» Arribaré a casa i obriré les finestres de bat a bat, foragitaré el despit i l'olor d'absència. Com l'Anna de la cançó, només em quedarà lluitar com una bèstia contra el temps, que empenyi fort el temps, o punxar a Daniel perquè em relati la seva nit, amb l'esperança que les inexactituds de la narració la facin més feble, menys desitjable.

EL GOS ÉS MASSA VELL

Nou pedres de pissarra vermella la separen de tornar a casa. No sap si, quan hi arribi, el sabrà reconèixer. La imatge que en conserva és antiga i deformada, com una ferralla, i no s'ha pres la molèstia, fins ara, de posar-la al dia. El temps actualitza malament la fesomia dels records. Per força, el seu aspecte ha de ser diferent, decrèpit, més feble en les formes. Confia també en la debilitació del geni, en l'amansiment de la còlera. Fa set dies que ha rebut la invitació i no ha parat d'analitzar-la. El tacte del paper, la mida de la targeta, el mata-segells. Què hi diu. En quin ordre. Com la signa. Si la rúbrica és dèbil o encara decidida i profunda. El que més li costa és captar-ne la intenció, llegir entre línies. Esbrinar com ha sabut on viu. Si després de tants anys sense veure's ni parlar-se, el pare la convida a una festa d'aniversari, forçosament ha d'existir una raó oculta, un espai entre paraules que haurà d'omplir de sentit. Però de quin sentit.

En fa vuitanta i són nou pedres. Nou pedres: no n'hi ha més. Gairebé els anys que fa que no es veuen. Nou, com els anys que ella tenia quan va desitjar per primera vegada marxar de casa. Només nou, i ja era massa tard, havia posposat massa el moment. Tot per culpa del truc. Quan les ofenses arribaven massa lluny, quan se sentia massa insultada per ell, el truc era respirar. Respirar fins a recobrar un pols normal, acceptable. I després, en lloc de començar a córrer, quedar-se. El truc era un engany, però servia per persistir en aquell espai ominós on deia *Família*. «Per no res t'afligeixes. Per no res plores.» A cada moment, la mateixa sentència. La mateixa manera d'enfonsar la branca a la terra. Ella era una branca, en aquell món de fangueig, una tija massa fàcil de partir.

Ara la invitació la sorprèn, però no tant com hauria imaginat. Ser l'única filla d'un incendiari del pensament, bé li hauria de proporcionar avantatges. La capacitat d'avançar-se als esdeveniments més sorprenents, per exemple. L'habilitat d'esquivar el cop. Però ara el cop ve de lluny. Ensobrat.

Són nou, de la portalada a l'entrada, i a l'inrevés. Nou o deu quilòmetres porta ja a la carretera, encara li'n queden uns quants per recórrer, però té molta por. Pensa: On va, aquesta gent, en aquest cotxe familiar metal·litzat. Què anhelen, a qui acudeixen quan dubten, amb qui fan l'amor. A quina velocitat circula la seva vida. Per què sembla que algú dorm, si no toca. Per què sembla que algú canta, si no toca. Per què aquest perfum de tribu, aquesta aroma d'infància que traspassa el gruix dels vidres, que inunda els retrovisors.

El retret li ve d'herència. Un determinisme poc amable. Prem l'accelerador. Són els gens, que el premen. A cent vint quilòmetres per hora, i encara sense horitzó. Voldria amagar el cap entre les muntanyes que l'envolten. Infància i infern comencen per les mateixes lletres. Retorn i regressió, també. Quan el vegi, no podrà defallir. La decència que encara conserva li ho prohibeix. Per alguna raó ell l'ha volguda a casa el dia que compleix vuitanta anys. Potser és que no vol perdre l'última oportunitat, ara que viu amb les orelles del llop ben a la vora. Dretes. Erectes. O potser algú l'ha empès a fer-ho. Una de les amants antigues, amb commiseració. Avui ella duu un vestit nou, una cuirassa de seda que malgrat tot l'hi criticarà. No es van entendre mai, amb ell, ni de petita. Mancava una connexió entre els dos. Una baula. Un pont. L'irrefutable amor entre pares i fills era, és encara, una fal·làcia. No hi havia la mare. La mare podia haver sigut la baula. Una intervenció. Hi havia massa distància entre ells dos, massa anys. Massa ganes d'avergonyir, massa recel, massa blasme paternal. Una qüestió d'excés. Una qüestió de mancança.

Nou lloses sota els peus, però les sent molt feixugues sobre l'esquena. Potser perquè ara recorda. Quan volia jugar, i no era hora. Quan volia nedar, i la piscina era bruta. Quan feia sumes, i s'equivocava comptant amb els dits. Quan llegia, i no era capaç de comprendre. Quan escrivia, i feia el ridícul. Una mala sintaxi, una pèssima intel·ligència. Quan era una trencadissa, una nul·la, una ningú. Quan l'escala per pujar a l'expectativa era tan alta, hi havia tanta distància entre els trams, que les cames se li feien curtes. Si a sobre la feia plorar, ell arrodonia el fracàs amb una nova màxima: «D'això en dic netejar l'aire pur. Així jo poleixo el cel cristal·lí.» Perfeccionar la desaprovació. Tancar el cercle del retret. Tota una educació.

Va marxar per sempre la nit del gos. Amb ganes de fugir. No per començar de nou: per a això ja no hi havia empenta. Fugir per deixar enrere la vergonya que es feia, cada dia. Tornava d'un concert, arribava deu minuts tard. Només. Quin desafiament, quina ostentació de poder mal entès. Tard, i encara les nou pedres de pissarra vermella per traspassar, com una llacuna de pànic. Una bèstia morta de fam tensava la cadena. Bordava. Udolava com un xacal. Per al gos, sempre una estranya. I per què el va deixar anar. El pare. El corrector. No era l'hora acordada. El va alliberar. Perquè la perseguís. Per recordar-li el seu confinament. El gos es va abraonar sobre el seu cos. Combat de ràbia. Sang. Dolor. Vergonya. Salvar-se. Retirar-se.

Nou pedres, i per què. Nou pedres i què li vol dir. Cap expectativa d'amor en les seves paraules. Una disculpa? Raons per al descàrrec? Si, per mala fortuna, el tacó de la sabata trepitja un solc inesperat, ensopegarà i potser no arribarà mai, i no hi haurà absolució. Li cal ser capaç d'aixecar-se, d'aprofitar la darrera oportunitat de redimir-se. La redempció és un acte de voluntat. Però redempció per a qui. Qui dels dos necessita morir per salvar l'altre.

Quan arriba a la portalada de la casa familiar, la inunden els records. Sua. Es mareja. El truc és respirar i després, quedar-se. Ni nou anys no han pogut modificar les proporcions i els colors. Sempre una pàtina de grisor. Els gos de la casa s'ha fet vell, massa vell, però encara viu. Ja no li borda, ni l'empaita. Només aixeca l'orella per escoltar el perill que ometrà per esgotament. Arriba tard, però i què. Trepitja les pedres sòlides. L'herba del voltant bombolleja. Nou pedres, vuit. La sentència. «Per no res t'afligeixes. Per no res plores.» Cinc, quatre, tres. Traspassa la porta i la pedra es converteix en cànem. Arriba tard. La festa ja s'ha acabat. Però queda encara molta gent, serpentines i silenci. Un cos al terra, amb les extremitats ben esteses, la camisa desbotonada amb urgència. Un peix ofegat a la sorra. Al seu voltant, un cercle viciós corrobora l'espant. Déu meu: el vell s'ha mort. *Exitus letalis*. Maleït pare. Infame usurpador. Per culpa teva tothom em mira. Em condemnen sense dir res. Porto un vestit de seda ridícul, arribo tard. Ara sí. Aquesta vegada sí, pare. Has arrodonit la perfecció. Només nou pedres de pissarra vermella, erosionades, desiguals, suficients per enllustrar, per última vegada, una ensenyança fatal.

LES NITS BLANQUES

Tinc un veí nou que es diu Merab i que cada matí canta una cançó plena d'enyor. La veu de Merab puja en espiral dos pisos pel celobert fins a la meva cuina. Quan ell canta, reposo el front entre les làmines obertes de la finestra, amb el cos en trànsit, i em deixo emportar pel cant de les sirenes, per la seva ondulació. Em desperto amb Merab: cafè a la tassa, música celestial, el dia estès.

M'han dit que Merab és de Geòrgia, que viu tot sol. També sé que regalima pena melòdica. A vegades coincidim a l'ascensor. Merab vesteix modestament: camisa de tergal, jaqueta de color gris sobri. Sempre abaixa el cap quan el miro, que és poc sovint i de manera centesimal. S'hauria d'escriure alguna cosa sobre l'art pobre d'analitzar-se amb severitat el llaç dels cordons de les sabates i el desgast de les mitges als ascensors i la seva relació amb altres ineficàcies personals.

És clar que, a mi, m'agrada pensar que m'arriben senyals de manera constant, com ara quan Merab canta la seva cançó per encetar el dia o quan abaixa la mirada en la meva presència.

Maria em passa a recollir a les vuit. Aquest mes ens toca torn de matí. Al cotxe, em torna a metrallar amb els seus cataclismes matrimonials i orquestres infantils. Em diu que tinc molta sort de viure sola. Tinc molta sort, barbotejo. He deixat de veure en P. S. No vull ni pronunciar el seu nom sencer, per això l'abreujo, com algunes fórmules de documents oficials o algunes institucions. Així de freda em va deixar la nostra relació. Maria diu, cinc minuts després d'explotar en la direcció contrària, que hauria de trobar algú i formar una família. Com ella, és clar, per estavellar-me cada nit, còmodament asseguda a l'avió de la incongruència. De totes maneres, li prometo que, quan trobi les peces, ho faré. Maria respira alleujada amb qualsevol resposta que li planto. Però tota aquesta xerrameca de fer-se gran, a mi m'està matant.

Em sento còmoda en la repetició, com els nens. Cada nit menjo pasta blanca i miro pel·lícules. Les trio a consciència, metòdica com un rellotge en la meva mecànica nocturna. Estimo el cinema com estimo els meus pares, amb les bases de l'amor sincer i la necessitat de companyia. Aquesta nit toca una de Visconti, *Les nits blanques*: un luxe veure Marcello Mastroiani i Jean Marais disputant-se Maria Schell al menjador de casa. Tot i que és un litigi relatiu, perquè la Schell, que a la pel·lícula interpreta Natàlia, està boja per l'Inquilí, un Jean Marais immens, que l'ha portada a l'òpera amb la seva àvia cega, una murga que fa de carabina mentre s'embadaleix amb *El barber de Sevilla*. Però Mario, que és molt Mastroiani, insisteix fins al paroxisme en el seu amor per Natàlia, amb una ceguesa commovedora: mira de conquerir-la amb paraules, promeses. Com tots els somiadors congènits, Mario es queda al final amb un pam de nas, sense entendre res, i amb l'única companyia d'un gos de carrer que el persegueix, que remena la cua sense parar, aliè a tanta infelicitat reconcentrada.

Adoro aquesta pel·lícula de somiatruites, encara que tingui un final trist, per a alguns.

I l'endemà al matí, més Merab, més melodia encisadora, més cafè i més Maria, que es presenta amb un magnífic pla per a la nit, per a ella i per a mi, per a la parella còmica d'amigues on jo interpreto la part il·lusa i ella reparteix les clatellades. És divendres, i hi ha una festa de metges i infermeres, gent molt coneguda i familiar: Maria me la ven així, com una gran oportunitat per a gent com jo, per a solitaris de la meva estirp, i de res no em serveix el meu discurs pro descans setmanal i en contra de l'endogàmia malaltissa, i emfatitzo la pertinència de l'adjectiu, de la nostra professió. Voldria confessar a Maria, però no ho faig per estalviar-me una allau d'improperis, que prefereixo quedar-me a casa amb *Otto e mezzo* o *La terra trema* i els carbohidrats sense salsa que al final dels dies em taponaran el fetge i, de passada, mantenir-me tota la nit desperta per esperar que l'ocell cantaire del tercer pis em dediqui de manera desinteressada la seva ària matinal. En canvi, li descarrego un discurs sobre l'atracció de contraris basat en la no coneixença prèvia i en la disparitat de procedències i cultures, i em sembla que la disgusto.

—En la familiaritat, no ens sentim desitjats —afirmo.

—Què? Que t'has trastocat? —crida Maria.

Així que em recull al vespre, puntual, una mica emmurriada encara, però amb un grau d'eufòria encofrada que es traurà de la bossa de mà en qualsevol moment posterior al de la primera copa. La festa és molt familiar, en efecte, amb tots els elements de malson de sopar de Nadal, i mentre Maria es fon en una rumba animada amb el doctor X i no s'adona de la meva actitud deliberadament passiva i reticent al contacte social, jo decideixo desconnectar de tanta cara estudiada, disseccionada i sabuda des de fa anys.

Em deixo caure en una cadira i poso en marxa la moviola. M'agrada crear escenes, com un guionista àvid d'arguments mai escrits. Els meus guions potser són pobres en diàleg, però rics en imatges i enquadraments. En el que ara projecto, jo sóc infermera i Merab és Merab. Fins aquí, res de nou. Porto un uniforme antic, amb el davantal i la còfia, però és un pur anacronisme, perquè, en realitat, l'escena és actual, amb ordinadors i esclops sintètics. Merab, ex-presoner de guerra de les tropes georgianes, es recupera d'una operació a vida o mort, de la qual n'ha sortit airós, però dèbil. La infermera en cap, que és Maria, m'argumenta que va de bòlit mentre fulleja una revista amb fotografies de gent famosa a la platja. Em demana que ajudi el pacient de l'habitació 100 a banyar-se. La petició em provoca pànic, perquè el pacient és inquietant, amb un passat insurgent. Vaig directa a l'historial i a sota del seu nom hi llegeixo: Fortalesa, Història, Amor. Aquesta enumeració diagnòstica tan poc científica m'alleuja, em fa sentir com a casa, així que, com a creadora suprema de la ficció, accelero els prolegòmens i, un minut després, el banyo amb una esponja groga i rodona, que passejo amunt i avall de la seva esquena. Com que no parlem el mateix idioma, ell, pesarós però somrient, m'ho agraeix amb una cançó plena d'enyor.

Anotacions al marge del guió original: Merab és un home ple d'avantatges, amb la seva pell bruna, el cabell curt i negre i l'anatomia de georgià amb gotes de poètica armènia. Un dia me'l puc estimar, i l'altre, ja no. No em qüestiona el futur ni les meves nits programades. Podem dormir junts sense tocar-nos. El desig, així guardat, ens consola, ens fa més forts i possibles.

Ni Maria ni jo no parlem en el trajecte de retorn a casa. És millor així. Ella creu fermament en la validesa de la vida real, amb totes les seves andròmines i embolics. Però per a mi hi ha vida més enllà de la versemblança, de la plausible realitat. Merab enrere, el panorama dels meus dies era encara més gris i monocord.

Quan arribem, hi ha un taxi mal aparcat. Maria ofega el clàxon perquè marxi. A la vorera, algunes maletes, una dona, tres criatures i un Merab que tanca la porta i s'acomiada del taxista mortificat: reunificació familiar, destrucció del somni. Algú hauria de fer un estudi sobre l'art d'imaginar-se una situació perfecta, rotundament evocativa i desitjada que, tres segons després, s'acaba escolant pels forats dels ulls. Dosifico la meva desesperació fins que aconsegueixo desencallar el cinturó i baixar del cotxe. Sóc un amfibi de pell rugosa amb l'únic objectiu de fer un salt molt elàstic i camuflar-me en l'herba humida. A l'altra banda del carrer, Marcello Mastroiani —abric elegant, barret de feltre, tot ell etern— fa una pipada al cigarret, beneeix la meva trompada amb l'existència, s'endinsa en una boira, desapareix. Abans de fer retrunyir l'atmosfera amb un cop de porta, m'ajupo i dic a Maria que m'ho he passat molt bé a la festa, i que repetiré. Repetiré.

AMATEUR

Qui ets, tu?

Ets un home capaç, com la majoria dels homes. Desemparat, com la majoria dels homes. Fixa't-hi: no hi ha, en la teva biografia, cap nota dissonant i, en canvi, no has obtingut cap rebaixa en els embats de la vida per la teva correcció aplicada. No hi pensis: és millor que no hi pensis. Tens una feina corrent, de funcionament senzill. Dos amics, tres, si amplies molt l'abast del terme. Un cotxe molt vell que encara circula. Ets de complexió corrent, ni molt ampla ni estreta, com la teva casa hipotecada a l'extraradi. Tens l'Angèlica, i també el nen. El nen té problemes de vista, porta ulleres amb molta graduació, gairebé un mur de contenció. A l'escola se'n riuen, i la mofa dels altres és un cabdell que el lliga de mans i peus. Tu mires de consolar-lo, i, mentre li acarones el cap a la teva falda, et preguntes si ell no deu haver heretat el teu talent.

Ningú no ho sap, però, al contrari de la resta, dels desemparats i els inconsolables, tu tens un somriure secret. Un somriure que t'aguanta dempeus. Discreció, reserva, resistència: aquest és el teu estil. Continues, any rere any, robant temps al temps per a la teva ocultació, per al teu entrenament. Al petit camerino que has improvisat al soterrani de casa, et debats cada dia entre un rubor ridícul de principiant i un sentiment de possessió que t'impedeix compartir el teu somriure interior, el teu petit cau d'alegria, amb cap persona que t'envolta. Descriure'l, fer-lo visible, o explicar la seva gènesi i les seves raons, seria per a tu una usurpació de la teva llibertat i un tempteig al descrèdit. Però al teu jo íntim, sí que necessites recordar-li, amb la insistència de qui acarona una victòria mínima, callada.

No tinguis por. Endavant. Ets un artista còmic, un *clown*.

L'èxit, per a tu, és la conservació del somriure. La consistència del somriure. Fa anys que ets molt disciplinat amb el teu cos. T'has preparat amb rigor i consciència. Practiques ioga cada dia. Cada dia estires el teu cos fins a engolir el dolor, fins que els tendons, les seves fibres, cedeixen a tots els moviments, a totes les torsions. El cos arribarà on no arribi l'ànima. Has deixat de dormir durant nits per llegir llibres de filosofia i psicologia, per repassar els fonaments de la biomecànica de Meyerhold, tan essencials per al domini del cos a l'escenari. T'has parlat amb agitació de partitures corporals, de tradició, de la il·lusió entesa com a esperança, de la pantomima. De mètodes.

Has perfilat el teu somni amb la millor ratlla negra, la cara blanca amb l'esponja de la rectitud i el sacrifici. T'has dibuixat amb el dit índex contorns de llàgrimes amb gestos lentíssims i exigents. Has col·locat un nas vermell en el centre de gravetat.

Cada novembre, Angèlica et demana que baixis al soterrani i engeguis la calefacció. T'hi estàs molta estona, no te'n surts, comproves el mecanisme, els botons. Pronostiques, a banda de la calefacció, un altre hivern fred i eixut. Però tens el teu somriure guardat, a cinc metres de la màquina infernal: un mirall, quatre llums, un vestit lluent penjant del sostre. Tens una feina corrent que et fa de panòplia, d'escut. A banda d'això, coneixes a la perfecció la diferència entre el *ridiculum* i la vis còmica, entre l'estupidesa de la vida real i la força de la comicitat. No necessites dominar el funcionament de cap màquina feta de tubs i aigua, però vendries la teva ànima al diable per fer riure, somiar, sorprendre els altres.

Res: no pensis en res. Avui que Slava Polunin ha plantat carpa i pista a la ciutat, no malbaratis una nova oportunitat. Surt de la feina, inventa't una excusa que convenci. Vés cap a casa, entra-hi com un lladre, sense que l'Angèlica et vegi. Vesteix-te de *clown,* maquilla't: el carrer serà, durant uns minuts, el teu escenari obert. Que no et desmoralitzi la complicació de caminar amb sabates grosses i repassar, al mateix temps, la increïble història de Polunin: les desfilades de mims a la Unió Soviètica; els desafiaments a l'ordre públic en un temps d'estricte control comunista; l'estiu que va aconseguir que duescentes companyies de teatre habitessin una illa del golf de Finlàndia; la Caravana per la Pau; la màgia il·limitada. El mestratge. La poesia. No comparis la seva èpica amb les teves línies mal escrites, guardades gelosament en llibretes antigues, on només veus buits per emplenar. Els teus buits gairebé els han tapiat els anys, però encara tens el somriure secret, la teva escletxa. I res, no pensis en res. Pensar massa és de covards: així t'has esperonat sempre. Tu encara ets un *clown.* Un August. Un cara blanca.

Quan arribis al circ, compra una entrada i asseu-te a la grada. Que les mirades dels altres no t'intimidin: ets al circ i pertanys al circ. Gaudeix de l'espectacle, espera pacient. Després dels aplaudiments, vés a trobar Slava Polunin. Demana-li una audició, una prova només per a tu. Potser entre vosaltres brollarà de seguida la camaraderia, l'enteniment instantani. No t'arronsis quan ell, amb la seva mirada clara i els braços estesos, et demani:

—Parli'm de vostè, de les escoles on ha estudiat, dels seus mestres, dels grans de raïm sec que té per dits. Canti, canti: *Blue canary che affidi al vento, le tristi note del tuo tormento.* Jo sóc

Slava Polunin, i, vostè, qui és? Diu que és un pallasso. Doncs tregui el pallasso que porta a dins, els números que ens vol presentar, els equívocs, la gràcia. Demostri'ns la seva vàlua, el seu talent. Sobretot: no s'oblidi del talent.

Si ho fas, si permets que el balbuceig et venci, la veu se't trencarà, els moviments s'esquerdaran, el maquillatge relliscarà. El somriure es tancarà, fos entre els òrgans.

I finalment te n'adonaràs: gairebé ets un vell grotesc de comèdia. T'has fet gran, igual que la teva quimera. Tens a la boca el regust del *ridiculum* que tant deplores. Al teu camerino malgirbat, t'enretiraràs el maquillatge, primer amb cura, després amb ràbia: la pell es deformarà amb cada gest, retornarà lenta. Encara portaràs la perruca postissa, una mitja calba d'ondulacions platejades. La llum artificial del teu antre de creació es convertirà en el reflex d'una illa passatgera; els cotons gastats, còdols d'una cala deserta. Deu bombetes t'emmarcaran a tu i a la imatge del teu art, que, avui ho sabràs, sempre haurà mirat cap a una altra banda. Subjugat pel circ. Subjugat per la vida. Tancaràs els ulls i, a contracor, com qui espera una sentència ja sabuda, els tornaràs a obrir. T'apareixerà intacta una mirada, la teva, que t'interpel·larà amb severitat.

Però no diguis res. Els crits també s'ofeguen.

Recull el nen a l'escola. Avui, com tu, també haurà passat un mal dia. Igual que tu, també haurà rebut algun cop, alguna envestida insuportable de la vida. Per això, porta'l a comprar el peix exòtic que tant desitja, l'exemplar taronja i tigrat. Quan sortiu de la botiga, agafa'l de la mà i camineu cap a casa. En el primer semàfor on us hàgiu d'aturar, encara't la bossa plena d'aigua als ulls. Mira fixament la bèstia que tens en el teu poder, assetjada pels límits d'un espai massa estret i d'un futur escrit per avançat, tan circular, gairebé mancat d'oxigen. Deixa que aquesta imatge tan òbvia t'expliqui qui sou.

HAVÍEM DE PINTAR LES PARETS

Durant anys les parets del menjador han patit d'una tristor molt malcarada, com d'estiu apagat abans d'hora. Per això un dissabte ens aixequem aviat, decidits a posar fi a l'eterna aberració cromàtica. Anem a comprar pintura, pinzells, cinta d'emmascarar i un rodet. Un rodet i també un mànec, demano al botiguer. Han de ser dos, corregeix Hans, dos rodets i dos mànecs. Però amb un n'hi ha prou, tu pintes i jo repasso. Han de ser dos, insisteix ell, així ho enllestim abans, cadascú per la seva banda. De tan pragmàtic, Hans pot ser tosc.

Les tibantors sobren i anem per feina. Un color nou alegrarà l'habitació. Potser ens transformarà les cares. El continent és tan important com el contingut. Ho deia el meu professor de literatura, a la universitat. Hans l'odiava.

—La teva admiració no té sentit —deia—. T'infla el cap amb noms, però no té idees pròpies. Et sedueix perquè ets jove i feble: noms, dates, no idees. —I arrencava la moto i desapareixia rere un núvol de fum.

Això era abans, quan Hans parlava més, tenia una moto que derrapava i abominava dels homes de la meva vida. Sempre li he dit Hans perquè és mig alemany i robust, gairebé no recordo el seu nom de veritat. Ara Hans parla poc, les seves mudeses són apagades de llum enmig d'una tempesta afeblida pels anys. Hem de pintar les parets perquè, de tan gastades, han perdut fins i tot la capacitat d'importunar la vista.

Nosaltres mateixos també hem deixat de resistir-nos a tot: a l'erosió del guix, al silenci, a la pols entre els mobles, a la brutícia oblidada. Vivim en anodina caiguda lliure. Ho sabem amb una precisió absoluta, però ni Hans ni jo, al contrari que les nostres parets, no som capaços de tornar-nos a acolorir.

Hans i jo no tenim fills. Una vegada vam estar a punt de tenir-ne. Durant vuit setmanes. Més tard el metge em va explicar que el meu cos no havia aguantat l'embrió i que l'havia expulsat. Vaig imaginar-me com una càpsula espacial centrifugant i escampant residus de nosaltres per tot l'univers. Jo les faig, aquestes coses: imagino paisatges horribles sobre mi i sobre la meva família, genero, en el meu pensament, catàstrofes del no-res. Ara els nostres amics tenen fills i ja no ens truquen, i nosaltres tampoc no els truquem. Així tot és més fàcil.

Pintem les parets sense dir-nos res. Abans hem preparat la sala, el terra cobert de papers de diari, els mobles cap al centre, formant una pira. Hans no s'adona que l'observo des de l'altre extrem de la sala. Passeja el rodet amunt i avall de la paret, com si aplanés l'univers, disciplinat i pacient. M'hi vaig casar perquè era un home ferm i culte, lleial, espinós poques vegades. Amb els anys hi ha afegit un mutisme que fereix.

Dic:

—Ei, Hans, passa'm el pinzell petit.

Però Hans no s'altera, es reconcentra en la seva tasca, com si la recompensa pel treball eficaç fos la possibilitat de desconnectar-se. Clavo, en un impuls, una puntada de peu salvatge a un pot de pintura. Jo les faig, aquestes coses: puc estar bé, i de sobte necessito treure algun tipus de ràbia engolada al coll. Sembla com si jo hagués vomitat aquell líquid pastós pel terra, però no he sigut jo, sinó un despit acumulat en una extremitat. Ploriquejo i Hans es desfà del rodet. Se m'acosta, els seus braços se m'atansen, com unes pinces gegants. Entre el seu ventre i el meu ventre hi cabria l'extensió d'un món. Després, amb el polze m'enretira les llàgrimes que m'he fet venir a traïció. De tan gros com és, Hans pot ser dolç i ridícul.

A tots dos ens agraden els escacs. A tots dos ens agrada *La mort d'Ivan Ilitx*. Tots dos escoltem Supergrass, amb una nostàlgia que mata. A tots dos ens acabarà clausurant la tanca dels anys.

Ara les parets del menjador són d'un color terrós. L'ambient és més càlid, com el sol que mai no tenim. A vegades, com si la nova llum el despertés, Hans em mira amb atenció: els seus ulls són dos dits que obren una escletxa, una esquerda fina entre dues parets rocoses. Hem pintat les parets per separat, cadascú a la seva part del meridià. Després hem anat a comprar un cistell per a flors seques. És clar que cap dels dos hi ha pensat, en les flors. La nostra és una ineficàcia perpètua.

Hans sembla apagat i jo miro de distreure'l. El porto al cinema, a les exposicions, o a comprar algun moble vell. Anem tres vegades a Emmaús. Al final ens decidim i comprem una calaixera de caoba. Costa molt pujar-la fins al nostre pis, el marbre del capdamunt pesa molt. És un marbre negre amb vetes blanques.

—No són vetes —diu Hans—, són ratllades.

Preguntem a un expert si es pot arreglar. Ens diu que és un tractament car i que no hi ha garanties. No n'hi ha, ni per al marbre, ni per a nosaltres.

Hans sovint també s'esforça per mi, s'enroca en un fer-me feliç que el supera. Em diu:

—Canviem les cortines, entapissem de nou la butaca de lectura, tenim estalvis, demanem preus, després comparem-los.

Tot plegat per què. Per més que ens hi fem, sempre hi ha alguna cosa que no acaba de rutllar, una mala orientació dels mobles, una il·luminació massa dèbil o nosaltres, que tenim un encaix pobre amb la realitat. Si ruixéssim la casa amb gasolina i encenguéssim un llumí, crepitaríem com dos troncs de llenya seca fins a desaparèixer.

Per això em sorprèn que Hans hagi convidat el seu cap i la seva dona aquesta nit a sopar. Intueixo que és degut a un nou projecte del qual formarà part, però ell no m'ho ha explicat, i jo no li ho he preguntat. Hem parat la taula, amb copes altes i tovallons de colors. Hem encès unes espelmes. Hem preparat un àpat fred. Se'ns nota ridículs i nerviosos. Des que hem perdut el contacte amb els amics, no estem acostumats a les visites. Més que una parella del segle XXI, semblem dos primats bípedes en el seu primer contacte amb la humanitat.

El cap de Hans és un home panxut i molt passat de voltes. Té les cames tan primes, tan raquítiques, que sorprèn que una estructura tan dèbil pugui sostenir tanta decepció. Ella és molt més jove, té una cabellera llarga i negra d'aire bíblic i no para de riure. Jo em concentro a servir el menjar i a assentir quan em sembla que toca, com una *geisha* contemporània. Hans es mostra tens, no para de plegar el tovalló fins a fer-ne un quadrat minúscul.

—És un sobre per enviar a ningú —assenyala la dona morena. I després riu, i l'home també: gastat, ensenya les dents grogues i petites.

Hans se suma tímidament al moment d'enginy col·lectiu: comença amb un petit sotrac, com si en el seu interior hi niés un generador de llum antic, després aconsegueix relaxar-se i emet un so proper a una rialla.

L'artífex de la distensió a taula es diu Lola. Lola és extremament simpàtica, desprèn pensament subtil per tots els porus del seu cos. Remena la conversa amb la mateixa airositat amb què sacseja els braçalets. Lola ens explica que havia estat dos mesos en coma per un accident terrible. Com a conseqüència d'aquell moment traumàtic, a vegades pateix unes migranyes duríssimes, i una cicatriu rosada i fibrosa li recorre la cama des del turmell fins al principi del maluc. El seu acompanyant se la mira amb una fascinació gairebé paternal. La seva èpica l'entendreix tant com a mi el seu vestit asfixiant. Hans no para d'escrutar-la, li ressegueix totes les expressions, el seu discurs dinàmic, encavallat. Si encara existissin dins seu reminiscències de l'home que era abans, deixaria anar alguna cosa com ara: «La supervivència ens fa més seductors», o bé: «Les cicatrius, també les interiors, ens converteixen en persones més belles».

Jo no sóc com Lola. Les meves úniques marques són les que em faig a propòsit, per cridar l'atenció.

A l'hora de les postres, la inquietud, una alarma inesperada, comença a esgarrapar-me les entranyes. Lola aconsegueix arrencar de Hans més paraules en una sola nit, que jo en els últims deu anys. Com si ella hagués captat la part d'ós que té Hans, i amb la seva xerrameca l'extragués d'una hibernació molt llarga. L'home que sembla una cigonya fuma un havà al balcó. Hans serveix més vi: emplena la copa d'ella, la seva, no la meva. En aquell precís moment, em sento fora de joc. Com si, davant Lola, les parets ocroses i la llarga negligència en comú no servissin per a res.

Miro de recordar si Hans m'ha buscat en els últims mesos i, si ho ha fet, voldria saber si jo me n'he esmunyit, i de quina manera. Ara que el veig tan a prop de la desimboltura, gairebé ballant un mambo amb una intrusa de nom apocopat, em pregunto si no seré jo qui s'està marcint i que ell, per generositat, per solidaritat amb els anys de companyia, s'ha estat pacient i resignat al meu costat, esperant algun tipus de miracle, o no esperant res en absolut. M'enfronto, de sobte, a l'agra sospita que els seus silencis no són introspeccions, sinó que ja no sap què m'ha de dir, ni si val la pena fer-ho.

Com a conseqüència lògica del meu concurs cap a la desaparició, de sobte no puc evitar imaginar-me Hans i Lola junts. Hans com un poeta occità agenollat davant Lola, desgranant uns versos. Hans llepant la cicatriu de la cama de Lola. Hans conduint la seva moto del passat i Lola al darrere, emocionada i segura. Els seus cossos fent saltar alarmes en un ascensor avariat. La planificació, l'engany metòdic, les trobades clandestines: com s'ho farien per no fer-me mal, si és que jo encara sóc capaç de sentir res. Com dirien, parlant de mi: «Oh, pobra, pobra ànima de cactus», i després, educats, s'aguantarien el riure i canviarien de tema. D'entrada, les mil imatges que em sacsegen m'inspiren rebuig, però em sento incapaç de parar-les. Se succeeixen sense aturador: són tan vívides, algunes tan tòrrides, que fins i tot el meu menyspreu monacal es transforma momentàniament en una agitació tèbia, com si hi hagués alguna cosa familiar i irremeiable en la deslleialtat.

L'èxtasi dels amants imaginats coincideix amb un brindis animat i sonor. Clinc. Trenco l'encant del moment, dono un cop de puny a la taula, les copes salten amb espant. Assenyalo Lola amb el meu índex més dissuasiu:

—Ara no et pensis que et tiraràs el meu home.

Aquesta vegada ningú no riu, tampoc Hans, i m'adono que he fet el ridícul més roent amb aquest comentari mal ubicat. M'aixeco d'una revolada i, sense voler, afaito la pintura de la paret del menjador amb el respatller de la cadira. No és un forat gaire gros, en realitat té la mida d'una mosca. Però jo m'enfado i renego, engrandeixo l'orifici amb les ungles, fins que em queden les mans blanques de guix de tant furgar. Hans em disculpa, com si no fos la primera vegada que munto un drama públic, com si sabés que el meu nivell de perillositat ha arribat al seu llindar. Lola i el seu home, mig beguts i contrariats, s'aixequen de taula. Em miren les mans, no deixen de mirar-me les mans, després s'acomiaden. No m'agraden les visites. Pensava que a Hans tampoc, però m'equivocava.

L'endemà em desperta el soroll de la ràdio. Em costa reconèixer-lo: se'm barreja amb la ressaca i algunes basques de la meva mesquinesa. Recorro el passadís que em porta al menjador sense saber què m'hi trobaré, amb la perspectiva inaudita de la novetat. Hans ha polit el tall de paret malmès, ara barreja pintura en un recipient petit. Em mira, esbossa un somriure amable. La seva conformitat m'excita, el seu estoïcisme, la seva delicadesa. A la ràdio avisen d'un temporal de neu. Hans s'acosta, em diu a cau d'orella:

—Si neva, ens quedarem a casa i mirarem pel·lícules. —I afegeix:— quedarem colrats de cinema antic.

En la seva mirada hi intueixo una felicitat nova, un alè proper. També un deix de tristesa, potser pel plaer que ahir a la nit va perdre en un marge brut del meu imaginari, en els llimbs. Encara em costa discernir si ens comportem com a germans que busquen l'incest, o com a amants que ja no saben com trobar-se.

LIMBUS

—Tinc pressa —em diu.

Noto que l'he espantat. Me'l miro i activo ràpidament el meu arxiu de peces de vestir familiars. Sóc incapaç de reconèixer la caçadora verda que duu avui. Definitivament, m'ha fet fora de la seva vida.

—Tinc pressa —repeteix.

—T'espera? T'espera, ella?

—No n'has de fer res.

—Ah, no?

—No hi tens cap dret.

—Gens ni mica?

—No. Et dic que no. No.

L'esclafaria quan es posa tan taxatiu. No afluixa, ni amb les experiències traumàtiques. Però jo insisteixo.

—Tu creus?

—És clar que no.

—Ni un centímetre de dret *post mortem*?

—Què? No siguis ridícula! Escolta, si marxes ara...

Abans l'excitava la meva ironia. Ara la meva retòrica és pesada i grotesca.

—Ah. Em fas fora.

—Mira, no et puc fer fora. Som fora, al carrer. No et puc fer fora de *fora*.

—Per què no? Ja fa dies que m'esquives.

—No t'esquivo: continuo amb la meva vida. Això és tot.

Les expressions resum són un cop baix. De tan simples i manifestes, et noquegen. *Això és tot. És així. Igual a tot arreu. Llei de vida.* Són poderoses, prepotents. No t'hi pots encarar. Només repetir-les.

—Això és tot. Fabulós. Escolta: com és ella?

—Qui?

—No et facis l'estúpid: Ella. Morena? Alta?

—No, ni una cosa ni l'altra. I no t'acostis tant. M'espantes. Crec que la gent em mira.

—Més prima?

—Potser sí.

—Ho sabia. Hàbil?

—Com?

—Pregunto si és hàbil. Aquesta dona és hàbil o no ho és.

—No t'entenc. Ets una paranoica.

—Ara també sóc paranoica? Sempre m'acusaves de no ser prou hàbil.

—Això era abans.

—Abans de què?

—Abans *d'allò*.

—*D'allò*?

—Sí: *d'allò*.

—*Allò* té un nom.

—Té un nom, però no el vull dir.

Els homes. Viuen convençuts del poder anul·latiu de l'esquivament.

—I què passa si el dius?

—No res. Però no vull. No m'agrada.

—Ets un covard, com tots els homes.

—I tu una sàdica, com totes les dones.

—Covard.

—Sàdica. Tafanera. Em persegueixes cada dia, no em deixes viure.

Ves per on. Li recordo que abans no parava de repetir que no podia viure sense mi.

—No, no ho deies així. Era: No em *desenvolupo* sense tu.

—Però què dius?

—Sí: quin verb més absurd. *Desenvolupar*. Igual que una equació amb necessitats matemàtiques.

—No recordo que et disgustés.

—No em desenvolupo, no em desenvolupo!

—Prou. Prou! Marxa d'una vegada.

—No puc.

—Com?

—Que no puc.

—No pots. Aviam: per què?

—Encara t'estimo.

—Ah. És per això.

—Sí. És molt sorprenent?

—No ho és gens, de sorprenent.

—Ah, no? Per què?

—Perquè jo també.

—De veritat?

—És clar.

—Així, tot continua igual.

—No: jo no he dit això.

—Però tu... Que em prens el pèl?

—No. No m'has deixat acabar. Jo *encara* t'estimo *abans*.

Quina bestiesa. No es pot. Parla com un analfabet. Ha deixat de ser una persona raonable. I duu una caçadora esportiva que no identifico.

—Sí que es pot. Vull dir: t'estimo *abans d'allò*. Ara has de marxar.

—No t'entenc. En absolut.

—T'estimo fins que se't va acabar el temps.

—Vols dir fins que em vaig *morir*. Fins que la vaig *dinyar*. Fins que em vaig *podrir*.

Podria continuar el joc de la sinonímia eternament. Quina gràcia. De sobte, certes expressions s'omplen de sentit.

—Què et passa? No puc dir *morir* sense que t'estremeixis?

—Preferiria que no ho fessis. No vull. No m'agrada.

—«No vull. No m'agrada. T'estimo *abans*». De què va tot això?

—Va de que tu no hauries de ser aquí.

—I va de que jo t'estimo *encara*.

—Però jo, no: jo t'estimo *abans*.

—Ho dius com si ja no.

—És que ja no.

—Ho dius com si *allò* fos el punt i final.

—Va ser el punt i final.

—I doncs què hi faig jo, aquí, ara, darrere teu, al carrer?

—No ho sé. És per a mi, aquesta pregunta?

—Potser sí. Potser t'hauries de plantejar per què *encara* sóc aquí.

—Jo no ho sé.

—Crec que…

—Què creus?

—Crec que t'agrada.

—Què m'agrada?

—Que vingui. Que et persegueixi. Que *m'aparegui*.

—Jo només sé que tinc pressa, i que faig tard, i que vull viure en pau.

—Vols que marxi, doncs.

—Vull que no tornis. Em fas sentir ridícul. La situació és complicada. Delicada.

—Oh, que correcte que ets. Que. Correcte. Doncs saps? Se me'n fot.

—El què?

—Se me'n fot on vagis. Sempre amb presses. Ofegat.

—Estàs ferida.

—Se me'n fot la teva estúpida feina. El teu cotxe tronat. Les teves idees de segona.

—Què?

—El teu nas de boxejador. Els teus somnis premonitoris. Que vesteixis tan malament.

—Oh. Se't menja la ràbia.

—Radiohead. Angelopoulos. Kundera.

—No. No continuïs per aquí, si us plau.

He de reprendre la meva salmòdia feridora, encara que ho lamenti:

—Els aperitius a Piazza delle Erbe. L'hivern que t'esgota. L'estiu que t'encén.

—Per què ho fas això? Per què?

—Les coses que a tu t'agradaven: a qui li importen?

Ho dic, i em costa dissimular. A mi, hòstia. A mi m'importen.

—Les engrunes a la taula. La mitja maldat homologada.

—Potser és que...

—Quan deies que m'assemblava a la Ute Lemper.

—Déu! I t'hi assemblaves!

—Doncs ara se me'n fot. I se me'n fot que se me'n foti.

—No m'ho crec. Ho fas per provocar-me.

—Ah, sí? I per quina raó? Potser perquè em fas fora?

—Jo no puc oblidar la teva olor, ni les teves ganes...

De sobte, puja el grau d'intimisme i el to confessional.

—La teva veu trencada. La mirada felina.

—Felina?

—Stanley Kubrick. John Berger. Satellite of Love.

Satellite's gone, up to the skies...

—Els teus aforismes coixos. Les coses que a tu t'agradaven.

Totes les coses que a mi m'agradaven.

—Creu-me: et vaig estimar tant com vaig poder.

—*Abans.*

—Sí: *abans.*

Miro de ser convincent amb l'esbós d'una teoria de l'amor que sobreviu a la mort. Faig ús de la paraula *autoengany*. Li parlo dels ancoratges amb els esperits. Li dic que no ha de tenir por, si és que el problema és la por. Però la meva carrera com a comercial del més enllà fa aigües a cada moment.

—Digues, de veritat: què hi fas encara aquí?

Touché. És una mena d'enveja tossuda, ara hauria de confessar-li. Per no poder ser-hi més, mai més. Perquè ara hi sigui *ella*.

—Marxa. No vas patir.

—No gaire. Em vaig desmaiar. Punt i final.

—No et *mortifiquis*.

—Mira: ara ets un aprenent d'irònic.

—Un atac fulminant. Jo cridava. No s'hi podia fer res.

—Tu cridaves. Al meu costat.

—Cridava. Al teu costat.

—Res. I ara.

—Ara què.

—I ara què.

—He de deixar-te marxar. Has de voler marxar.

—Sí.

—M'espera ella. Tinc pressa.

—És clar. La pressa. El desfici dels vius.

—És clar. És així.

—Vols que t'acompanyi un tros?

—No cal. T'ho dic de veritat. Seria com tornar a començar.

—Només uns metres. Fins i tot podríem anar a prendre un cafè.

—Un cafè?

—Sí.

—Un cafè sol?

—No, no. Amb mi.

—Parlava del cafè.

—Del cafè. És clar. Del cafè.

I després li he promès que em faré desaparèixer, com una espelma que es bufa a si mateixa, i que ell continuarà amb la seva vida, i jo amb la meva mort. Però hauré de tornar, això no l'hi he dit, per explicar-li que la caçadora que porta no li està bé. Que és pretensiosa i, a sobre, el fa semblar més vell, com fet malbé.

ELS SEPARATS

Ell viu convençut que els ha unit un sentiment sobtat, però enèrgic. Ella té el nom d'una flor silvestre. El vespre que la coneix a la barra d'un restaurant japonès, el sorprèn el pudor inicial d'un cos vacil·lant que assaja posats damunt del tamboret, atractiva i solitària equilibrista. Enceten una conversa poblada de pauses. Després hi ha somriures, paraules més laxes. Una aproximació segura i plaent. Aviat perceben la urgència de la intimitat. Més endavant ell recordarà aquesta primera nit i es trasbalsarà tant que desordenarà els elements: el tamboret, la pell, les veus de la gent, les inclinacions dels cossos, la simetria del desig.

Ella té el nom d'una flor silvestre, però és botànica com un jardí marítim. Li agrada molt, aquesta dona. Li agrada quan es despulla del tot sota una manta de llana freda. Li agrada quan és figura i moviment. Quan, durant la nit que allarguen, coreografia les fases de la possessió. Quan demana: «No parlem mai d'abans, tu i jo, fem que no existeixi l'abans.» L'encanteri no li sembla un despropòsit. No hi haurà, en la relació que comencen, cap informació que modifiqui o tergiversi el present, ni cap incomoditat sobre la vida passada. El deliri el fa sentir-se capaç d'assumir la demanda. Seran per sempre la possibilitat sencera, un fruit de vellut amb el pinyol intacte.

Cobrir la nuesa amb capes de desmemòria: fora cognoms, adéu mecànica diària, llarga letargia als records. Més flors: són un nenúfar blanc i, més enllà d'ells, l'aigua quieta i enllotada. Es veuen poc: un parell de dies entre setmana, algun dissabte. Si cosissin les hores que han passat junts, teixirien alguna setmana. Se sacien amb les llavors del present. Es troben a casa d'ell, on ella eludeix la mirada dels objectes: mai no pregunta qui, ni esbrina per què, només li convé el frec de la maneta de la porta per on entra i surt furtiva, sempre efervescent. De vegades tornen a quedar al restaurant on es van conèixer i escenifiquen el primer moment, la satisfacció del grau zero. Ell valora que, quan estan junts, estan bé. Desconeix què passa quan estan separats. Perquè no era cap broma, això del passat, cap juguesca vana. Com que no la vol perdre, conserva la moneda de canvi, la restricció necessària.

Són dues siluetes retallades d'una revista sense text. Esgoten en comú les possibilitats de l'ara i de l'avui. Sense referències ni ancoratges. Habiten un món de dos. L'asfalt que deixen enrere s'esberla i s'atomitza. Recorren els carrers d'una ciutat que no s'escolten. A vegades, ell sent com els llocs el criden, el reclamen: un cafè conegut, un aire familiar, una perspectiva secreta. Un eco inevitable. Coses ja vistes. Coses ja dites. Podrien recular junts, pensa, agafar empenta en el retrocés. Però la memòria volàtil s'interromp sempre amb una estrebada en direcció contrària, a contrapèl:

—No parlem, fem que no existeixi. Que no.

El moment en comú comença a degotar, amb lògica insidiosa, punts d'omissió: amics que no es visiten, cançons que no els connecten, viatges que no es poden explicar. Cada intent d'aproximació a ella, a la persona que ha sigut, pren la forma d'un exercici il·legal, d'uns braços plegats, d'una mirada dictatorial. El temps que no s'expliquen, una mossegada de llengua. Mil mossegades de llengua. Pensa en altres històries, en altres dones amb qui ha estat. No pot evitar comparar-les amb ella; totes elles, fins i tot les més passatgeres, li semblen ara dones d'una dimensió plena, virolada. També enyora l'alegria de la coincidència: la suposició que no havia succeït res entre ells abans, podria no ser del tot certa. Viuen en la mateixa ciutat i tenen edats similars, la casualitat bé podria haver jugat amb ells: una cremada d'una cigarreta en un concert, una mirada convidadora en un local, fregar la mateixa barana de la mateixa escala, el mateix dia, encara que en direccions oposades. Ja no n'hi ha prou, amb el present. Però, capcot i amb les mans a l'esquena, se sotmet a la voluntat del silenci, i es retorça com un cuc en la negació.

Com més es veuen, més passat creen, i més s'han d'afanyar a esborrar-lo: és una olimpíada perversa i impossible que l'esgota. L'abans ja no és la infància prohibida, la bogeria dels vint anys, ni les persones que han estimat malament. L'abans és ahir. L'abans és a tocar. L'abans és just al darrere. Un delinqüent silenciós. Vol aprendre a controlar el pànic quan ella tanca la porta, però cada vegada se sorprèn esborrant les empremtes del temps que viuen plegats. Endreça el llit, col·loca els coixins, renta els gots de la pica i aboca el vi de l'ampolla pel desguàs. Eixuga les gotes d'aigua que li han rentat la cara, i que demà podrien ser la fotografia d'un testimoni molest. La presumpció del seu passat, del d'ella, comença a esgarrifar-lo pel que té d'indicible, d'impronunciable. Però no s'atreveix a reptar-la: mai no ho ha fet amb ningú, no sabria com fer-ho. Li sembla que, de tant contenir-se, ha començat a oblidar qui és. «No és el que callem», medita, «sinó el que abandonem quan prolonguem massa el silenci». Pensa en el passat: si no el diu, no existeix. Si no el rememora, no el detalla, no el matisa i no l'explica, ni es manifesta, ni és. La situació el desbarata; dels fils que giravolten i pengen en el seu espai vital, no en pot estirar ni un:

—Què són aquests fils al sostre?

—No els tibis tant: som tu i jo.

Si fa un esforç, rumia, també podrà viure sense ella. Ben mirat, si el temps que han compartit forma part del pretèrit, de cap manera no té valor, no li pot fer mal. Perquè ella s'enjogassa i s'excita cada vegada més amb la idea del no-res, amb el panegíric de la parella que caduca a cada instant. Així que deixa de veure-la. Potser d'aquesta manera aconseguirà un final per a una història escapçada. Vol remullar-se de nou en la quotidianitat, repescar-se, no ser un proscrit. Tornar a quedar amb els amics, celebrar un aniversari en família. Escoltar, mirar, posar en marxa els sentits. Retrocedir pel plaer de retrocedir. Recuperar algunes certeses, com l'olor de cuir que l'embruixa o el gust per les tardes tirat al sofà, còmode, enfonsat.

Un dia que ella li truca, ell respon:

—S'equivoca.

En fer-ho, sent alleugeriment i recança, tot alhora, com si no pogués destriar una sensació de l'altra. Encara trontolla, vacil·la. Però es convenç que som una pintura mural, una rúbrica contínua. El present arrossega el passat: qualsevol altra aposta seria un exercici d'imprudència, un projecte contranatural. I ella? Si fa l'esforç de no pensar-la, no té cap forma, ni mai no ha existit.

Però una tarda la troba per sorpresa a l'estació del tren, remota i petita, la dona oclusiva a l'altra punta de l'andana. Ella també el veu, agita els braços, taloneja decidida en la seva direcció. La veu tan bonica mentre es descorda en moviment els botons de la gavardina, que es descompon. Una flor silvestre amb ullals de lloba. No l'evita, camina cap a ella: sap que ha de tenir-se ferm, no afluixar. S'ho ha promès.

S'ha promès, resolutiu com mai, que aquesta vegada no cometrà cap error, que no cedirà mai més al somriure de llampec, que no s'aturarà ni un moment per escoltar paraules foradades, ni es girarà per admirar la fanàtica del moment que deixarà al seu pas i que, quan ella comenci a estirar el fil de l'ham que li ha clavat sense ell adonar-se'n —perquè ella li haurà clavat un bon ham de metall corbat— la convertirà d'una llambregada en una estàtua de sal, en un munt de runa, en un alè.

I a mesura que s'acosten l'un a l'altre, que s'apropen a la intersecció, comença a desdibuixar-la: cada trepitjada dels seus peus la debilita, la despinta, n'esborra els contorns sinuosos, la silueta imponent. A dues passes d'ella, ja no recorda qui és: només veu una dona que s'agita i somriu i a qui després glaça amb la seva mirada. No en podria dir res, d'aquella dona, tret de la descripció objectiva del desconeixement. Res li és familiar o proper. No hi ha vincle, cap anella. Així que continua caminant, caminant, i no pensant-la, no pensant-la.

Puja al tren, s'asseu i obre el diari. Quan el comboi es posa en marxa, aixeca un moment la mirada: el temps momentani d'intuir un moviment nerviós, semblant al batre d'unes ales desesperades de papallona, a l'altra banda de la finestra. Quan ella li truca, pocs minuts després, quan l'estació ja és un panorama remot, antic, irreparable, primer dubta, però al final respon. I s'equivoca.

NO PENGIS

L'última conversa telefònica que tu i jo vam mantenir va ser breu i amb finalitats poc sentimentals. Cap de les dues no sabíem que no n'hi hauria més. Gairebé mai no s'intueixen, aquests finals. Si el mecanisme gebrador de la premonició ens hagués enviat un senyal, a qualsevol de les dues, potser ens hauríem esforçat a ser més solemnes. És el mínim que es deuen una mare i una filla. Un final decent pels anys de concurrència.

Era l'últim dia d'un llarg pont festiu de l'hivern. Jo acabava de tornar de la muntanya, la maleta per desfer, mil històries que m'inflaven el cap, sé que no m'excusa. Tu tenies el costum de planejar-ho tot amb una previsió encomiable: els àpats de dies per venir, els regals d'aniversari, els retrets. Ho tenies tot apamat a la teva agenda, resseguit amb lletra minúscula i engrillonada. Davant teu havia de fer esforços titànics per complaure't sense ser infidel a la meva història d'amor amb el caos. En tot cas, els nostres diàlegs a distància sempre tenien una entonació progressiva, elevada, eren un *crescendo* de propostes i contrapropostes, un combat de preguntes:

—Què farem, aquest any, per Nadal?

—I si féssim magret?

—Sí? Una mica estrany, no? I un rostit?

—No omple massa?

—Al contrari. No trobes que és massa lleuger?

—Hòstia, mama, n'hem de parlar ara?

—Però se'ns tirarà el temps a sobre, no?

És clar que sí: com una granada de morter. I aquesta va ser la nostra última confabulació, de metafísica lleugera. Després, va ser dir-nos adéu d'aquella manera, penjar i llestos, sense *famous last words*, sense paraules clau o aforismes apressats. Va ser penjar, i l'endemà aquella horrible trucada, una trucada urgent, punxant per sempre, que t'eliminava a tu i reduïa la nostra relació a la hipòtesi: «I si féssim magret?» Una mica estrany que a partir d'ara tot fos un *I si* sense resposta. Una rèplica esborrada. Un silenci massa sobtat, com tots els silencis imposats a la lògica del so.

Eres morta: quina barra. Però si encara no havies acabat d'orquestrar el dinar de Nadal. No em sorprendria que a la teva agenda, sota el dia tal, no hi tinguessis escrit: «Morir, de matinada. Efecte sorpresa. Efecte sotrac. Danys col·laterals: diversos, depenent de la persona afectada. En filla petita, talp hipersensible, més acusats: efecte perforadora.»

Després de la teva última trucada en van venir d'altres, és clar, però mai no eres tu. Des del més enllà et vas entossudir a tallar tots els fils. Pensava que potser et dignaries, en algun moment del teu trajecte cap a no sé on, a comunicar-te amb mi. Dormia amb el telèfon a la tauleta, esperava, confiava, però sempre m'adormia i després em despertava enmig d'un malson on em repetien que t'havies mort, una vegada més, ben adormida en el teu llit.

Estava tan ablanida que no sabia què dir-me, ni què dir als altres. Em sentia culpable, a estones miserable. Segurament vaig penjar abans d'hora, sense intuir. No som clarividents. Però més enllà de les lleis de la vida i de la mort, hi ha el govern de les qüestions pendents, un edema de paraules no dites, engolides, que ens empassem per no causar dolor, per no infligir-nos-el. Una obvietat cruenta: tu vas marxar, els altres ens vam quedar. Quedar-se és llegir un text massa críptic, farcit de clarobscurs. Quedar-se és formular una suposició. Quedar-se és córrer, panteixant, per sortir d'un laberint.

Suposo que ara ens toca simplificar, i tu em diràs que són coses que passen, i jo que la vida continua, sense remei. A pesar de la nostra conversa irresolta, hipotètica, deixada estar.

Quan despenjava el telèfon i no hi eres, em decebia. Llavors tenia aquells rampells, l'impuls de parlar a tothom com si hagués de desocupar la línia amb pressa: «Espero una trucada de la meva mare, es posa histèrica si comunico massa estona, és capaç de trucar a la policia.» Aquell rematat silenci a l'altra banda, esquinçat només per un sospir de commiseració, m'irritava més que qualsevol cosa, i aviat em va agafar aquella ràbia, unes ganes terribles de blasfemar, de cedir a l'impuls estrany de cridar el nom del porc per tot l'univers.

Perquè: com viure, com tornar a ser amable, natural, atent, després de cometre un error irreparable? El meu cor estava encongit, desestabilitzat. Envilit. Començava a perdre la teva veu, la teva entonació, la teva última petició: «Què farem, aquest any, per Nadal?» Doncs maleir la taula parada, els petons a les galtes, la hipertròfia dels dies, enyorar-te molt, desviure'm per rebobinar.

El temps tot ho cura. No: el temps és mig amnèsia, mig distracció. El meu dol s'ha tornat dòcil amb els anys. He represès la meva relació natural amb la comunicació telefònica, i amb els altres en general. És clar que encara detesto el Nadal: em recorda a tu en les teves últimes hores, en el teu últim llenguatge articulat. El Nadal és ara per als altres: jo sóc una convidada de pedra, una espelma en el centre de la taula que es desfarà si reflexiona massa, que foradarà les estovalles amb restes de cera despresa.

Només a vegades em dic: per què suposem que sempre hem de poder reparar la vida? I llavors em permeto un copet a l'esquena, tiro endavant, no hi penso més. Miro d'oblidar-te una mica, de no ser tan obstinada.

Però a mi encara em fa falta una trucada teva, una amb ganes, de les que duren. Em declaro insolvent en conformitat: ara i per sempre. Voldria escriure el nostre últim diàleg. Necessito escriure'l: per riure'ns dels finals fulminants, per rebatre tots els finals. Per acomiadar-nos amb classe, per donar un alè literari al nostre adéu. Sé que, si sóc jo qui comença, et temptaré. Encara que no gosis, d'entrada, trencar el principi de la versemblança, al final trucaràs i m'ompliràs de preguntes. Tant de temps sense saber res l'una de l'altra, no podrem parar. Jo et respondré amb evasives, o amb altres preguntes. Direm: «No ho diries mai, Què t'has pensat, Saps què, No t'ho creguis.» Sentiré unes ganes terribles d'explicar-t'ho tot. Les meves dèries i devocions de sempre, les llàgrimes que m'empasso, les pel·lícules que no has pogut veure, que encara em fas falta, que et busco. Vull que em bressin les teves paraules, que la teva veu em passi a frec, afanyar-me molt a transcriure-ho tot, perquè ja no mori, perquè ens quedi per sempre. Que el crepitar de la línia sigui l'única cosa que ens separi.

Parlarem tant. Ens ho explicarem tot. *I si*, acabarem dient: I si no pengéssim mai, què?

EL TRANSVESTIT

La nit que l'Elsa em va fer fora de casa, vaig llogar una habitació a l'hotel més car de la ciutat: disseny de formes, façana de vidre, vint-i-cinc pisos. No per dormir-hi: preveia que les hores passarien lentes i enutjoses, amb la nàusea de qui espera la matinada per a un desembarcament en terra hostil. Era, més aviat, per portar-li la contrària. L'Elsa detestava els hotels de luxe, i també les alçades. Preferia la tranquil·litat de les zones rurals o les cases d'hostes discretes. Érem tan discordants, tan indigeribles. Aire i terra. Desenfrenament contra reserva. Quan un volia, l'altre se n'atipava. Dues ments oposades buscant l'afinitat per la fricció constant dels cossos. Des de l'inici dels nostres dies junts, ens vam encoratjar desafiant les lleis de la física i de la lògica.

Vaig demanar una ampolla de ginebra i molt de gel a la recepció de l'hotel. Vaig pujar a l'habitació amb gairebé totes les meves pertinences: dues maletes, un ordinador portàtil, quatre estris de cuina. Tres anys amb l'Elsa, i m'havia reduït a l'imprescindible. Em coïen les mans: m'havia serrat la pell i l'ànima amb les dents de les claus que em resistia a entregar. L'Elsa era una persona irrevocable, no hi havia dubte. La seva determinació em commovia, tant si era per deixar-me formar part de la seva vida com per fer-me'n fora amb un punt i final esfereïdor, de tan rodó i terminant. Havia escoltat pacient les últimes instruccions sobre nosaltres: la caixa que m'enviaria amb les coses que hagués pogut oblidar i que ella no voldria trobar mai més. Jo havia obeït, encara que tot el meu ésser la negués amb un udol ferotge.

La decepció no s'embala, estimada Elsa. Es porta a sobre, t'enfonsa les espatlles, et doblega. En canvi, el cos, en contacte amb la gravetat, ofereix una dolça resistència, els músculs es relaxen, les fibres cedeixen, la matèria es transforma en un vel espès.

M'havia servit tres copes, però encara ni m'havia tret l'abric. Vaig plorar perquè començava a anar trompa, i perquè sospitava que jo, a aquella dona aritmètica de pell torrada, me l'havia estimada. Una caixa. M'enviaria una caixa amb les restes de mi: ossos rosegats i pell arrencada a tires. Em vaig estirar al llit, amb la sensació d'estar flotant en una calma espasmòdica. Vaig jugar una estona amb l'ampolla; me la vaig col·locar a sobre del ventre, controlava el seu moviment amb la meva respiració abdominal. A vegades, els nostres cossos, com les ampolles de vidre, no s'acaben d'estimbar per una simple qüestió de control transitori. Al final, són les distraccions, que ens estavellen i ens esmicolen. Malgrat el nostre distanciament, l'Elsa m'hauria aplaudit aquesta reflexió.

Enmig dels pensaments sofisticats que em proporcionava l'ebrietat, no podia deixar de preguntar-me a quina hora ella se n'adonaria. En quin precís moment (abans o després de la dutxa, o en els segons posteriors a clausurar-me l'accés a la seva vida), l'Elsa veuria el seu galant de nit pelat com un arbre a l'hivern. Perquè m'havia endut, entaforats en una de les meves maletes, tots els seus càlculs i còmputs per a aquella nit: un vestit, un parell de sabates, un parament amb tots els complements en harmonia. L'Elsa tenia una cita, era innegable, i em va trossejar que ella, sempre una *Madonna* de bronze, s'hagués procurat una alternativa ràpida a la soledat, al desert que jo em beuria durant la nit entre sanglots en un hotel d'ensomni.

Sí, Elsa, em va ferir la teva imperfecció, la teva descura. M'hauria fet feliç trobar, entre els escarafalls de la nostra història, algun tipus de recolliment i recança, encara que fos falsa, un *grand-guignol*. Havies d'acabar pagant algun peatge, per la teva omissió, d'alguna manera m'hi havia de tornar.

Em va agafar per cantar *Those were the days*, de la Mary Hopkin, vociferant i ballant com un vell taverner sorrut, però a la tercera estrofa em vaig entrebancar amb un plec de la moqueta i vaig caure estès a terra. Misteris de la perspectiva, aquella posició em va relaxar prou perquè em poguessin tornar imatges agradables de l'Elsa. L'Elsa fotografiant els grafits de la *East Side Gallery* a Berlín. L'Elsa i jo grapejant-nos després d'una sessió doble de cinema. L'Elsa i el seu equilibri radical. Jo enyorant l'Elsa a la feina. Després, l'Elsa decidint. L'Elsa organitzant. La mirada estricta de l'Elsa. La seva mirada intimidatòria, jo desviant la meva. Una última imatge de l'Elsa, on movia els llavis, taxativa, per dir-me que allò nostre s'havia acabat. Encara que vulguem encobrir parts de la història, sempre acaben fent acte de presència en la lectura de les narracions doloroses.

Em vaig aixecar de cop, com expel·lit per un sanglot, del llit, i vaig començar a extraure l'Elsa desposseïda i inanimada de l'interior del meu equipatge. El primer que en vaig treure va ser un perfum, un envàs de vidre amb un tap negre en forma de diamant. El vaig destapar i el vaig olorar. Vaig prémer el vaporitzador unes quantes vegades al llarg del braç, des del colze fins als dits. Bergamota, taronja o grosella, jo era incapaç de diferenciar les aromes com ella, però juro que aquella olor em va pujar al cap. Com un embruix o una doble borratxera. L'aroma era la d'ella, no ho podia negar, però, en el meu cos, prenia un tarannà diferent. Em va agradar flairar com una dona, sí. Tenia la temptació de beure'n un glop i tastar-ne l'essència, però al final vaig preferir continuar amb l'infern de la ginebra: un mica més d'alcohol, també una altra boira d'aquell perfum, dos o tres polsims més.

Bevia per acabar-me el temps, o perquè se m'acabava el temps, Elsa. Només era un matís sense importància. La caiguda, al capdavall, no seria ni tan desastrosa ni tan estranya com les últimes vint-i-quatre hores en la vida d'aquest home. Les fórmules de l'existència són massa inexactes. Les de la inexistència, magistrals.

El vestit negre de l'Elsa: era un vestit preciós, de mànigues japoneses i cotó pesant. Desconec si per la capacitat evocativa del perfum, o pel deliri del moment, però vaig pensar que el vestit seria prou elàstic i me'l vaig emprovar a sobre de la roba. Mira què en faig, del teu drap, Elsa: una riota. Al principi només em vaig treure les sabates i els pantalons, perquè el gruix de la pana deslluïa el caient de la part inferior, però per una vegada vaig decidir fer les coses ben fetes i oferir el meu cos nu al contacte total amb el sortilegi d'aquell teixit.

La nit que vas estrenar aquest vestit, Elsa, jo te l'hauria arrencat a queixalades, de tan seductora com estaves. Em vaig empassar les ànsies amb el xarop del teu control estricte.

Els *stilettos* de xarol eren, d'entre totes les seves sabates, les preferides. Per això, en calçar-les, vaig experimentar un triomf de princesa diabòlica. M'anaven petites, els turmells em ballaven. Encadenava passes ridícules mentre xarrupava directament de l'ampolla. Aquella escena grotesca, de tan perfecta, semblava més obra de la gloriosa Elsa que meva. Sort que les arracades eren de pessic (estava disposat a foradar-me el lòbul per tal que la nit fos rodona) i que el fulard, amb un estampat de tonalitats liloses, em dissimulava el pèl del pit i conjuntava amb la meva derrota amb regust pòstum de victòria. Ara que, davant del mirall, em veia vestit d'ella, ara que l'havia desinflada i havia usurpat el seu volum, no em semblava tan gloriosa, ni amb tanta planta. L'Elsa era un búnquer. Però, amb el pas de les hores, amb les revelacions de la nocturnitat, la seva fortalesa se'm tornava asèpsia.

Mai no havia entès per què costaven tant d'obrir, les finestres dels hotels. Ho vaig intentar amb totes les complicacions i dificultats d'home begut vestit de dona espaterrant. Finalment, en va cedir una. Es va sentir un soroll com d'obrir un envàs al buit: plop. Per primera vegada vaig tocar la por, el descens sobtat de la bogeria i de l'embriaguesa, el fuet de l'alçada. Era, o bé decidir-me a saltar, o bé esperar la meva arribada en una caixa, entre fotografies velles i laments. En els dos casos, m'esperava un sepeli segur. Així que vaig posar en marxa el compliment de la meva última voluntat: ser jo, i no ella, qui decidís i recalculés el nostre final. Jo vaig ser l'instigador d'un peu al marc de la finestra, l'executor de l'altre, l'amo de l'impuls final. Jo vaig ser qui va somicar l'un dos tres, el del vertigen de just abans, el del vestit negre arrapat i prodigiós. Un vol sense ales, sense sustentacle.

Imagino que, mentre que em sacrificava a la resistència aerodinàmica de l'aire, em vas trucar, Elsa. Segurament per maldir de mi encara més, perquè t'havia espatllat la nit, però tu encara no t'imaginaves de quina manera. La cantarella repetida del meu telèfon mòbil era el teu nerviosisme. La policia et trucaria unes hores després i posaria fi a la teva ràbia. Em pregunto si també a la teva vanitat. Confesso que, mentre el meu cos volava, desaccelerat per la gravetat, sentint el bressol de la caiguda lliure, encara vaig tenir temps d'enllaçar una última cabòria: *encaixar* podia significar ficar dins d'una caixa, però també ser capaç de superar, d'acoblar-se a la pèrdua.

Confesso que jo, aquesta sinonímia reveladora, la que potser m'hauria salvat la vida, si no hagués sigut per la pressió del final irrevocable, ni l'hauria ensumada. Però, de totes maneres, estimada Elsa: deixa'm gaudir, ara que definitivament esgoto el meu moment amb aquestes paraules, de la satisfacció meteòrica d'haver-nos rebentat, vint-i-cinc pisos avall.

MAL DE MAR

Es deia Ava, com l'Ava Adore dels Smashing Pumpkins, tenia un aire de princesa punk i ombrívola, a mi m'agradava. Ella pensava, com jo, que la tristesa és una remor de fons, la boira d'un país del nord que mai no escampa. Parlàvem molt, nosaltres dues, cada dia tres-cents kilòmetres pel cap baix. Recorríem la setmana d'una punta a l'altra del país, enquestant joves mustis, dones amb porta entreoberta i dinar al foc, vells descreguts i farts de tot, activant protocols de mostreig, farcint estadístiques, tot un ofici de tenebres.

Es deia Ava. El seu nom era un palíndrom; les seves cames, dues perxes per travessar el líquid del món. Tenia un amant que anava en moto i que sabia com llegir-la, del dret i del revés. També era un farsant de l'alquímia emocional, un bifront que a vegades la feia riure i a vegades no, tot i que jo, al rei del cretinisme, li agraïa que el plor fos més freqüent que l'alegria, així després la consolava, li oferia la meva experiència, alguns recursos de superació, i al final ens abraçàvem dins del cotxe, aparcat en doble fila.

Qualsevol dia d'aquests, amb ella entre els meus braços, podria haver-li dit que l'estimava, o que m'induïa a un coma radiant i perpetu, que la volia amb l'ímpetu infantil del tant sí com no. Però sempre ho deixava per a més endavant, quan l'abandó no fos per hores, sinó del tot perdurable, i així, esperant la certificació oficial de la seva llibertat, el futur se'm dibuixava cada vegada més inconcret, com un paisatge nocturn per a un ull miop.

Ava era el seu nom, i pensava, com jo, que som una continuïtat de formes canviants, que ens deslliurem de nosaltres com pells de serp a sota dels arbres. Sovint, després de la feina, ella quedava amb altres amigues o amb el seu amant. Es recollia els cabells al clatell amb un bolígraf, es canviava la samarreta, es perfumava, es transmutava en nimfa marina al seient del darrere. I tant me fa si aquella dona era bonica o no: jo hauria plorat les seves llàgrimes, hauria comprat totes les seves desgràcies, les seves calamitats, besava mil vegades el retrovisor que l'emmarcava.

Ava. El seu nom era el d'una actriu americana de cos menut i voluptuós a qui havien erigit una estàtua de bronze en un poble entortolligat de la costa, i a qui tots els turistes anaven a tocar els pits. Les dues estàvem d'acord que el destí podia ser injust i arbitrari: quin privilegi les nostres coordenades territorials, i quina mala sort si haguéssim nascut a Banjul o a Dakar, tenir la pell fosca en un món fosc, ser dues dones entre mil homes, haver de llaurar per menjar, haver de resistir, d'abaixar el cap.

I jo hi afegia: O estimar qui no t'estima. Però ja no sé si ho deia per mi i per ella, o per ella i el seu amant de dues rodes, o per fer carambola amb la humanitat sencera. Feia fàstic pensar quantes coses teníem a tocar, en òrbita celeste, i tan poc que viuríem juntes; els nostres llençols sempre serien llisos, impossibles.

Es deia Ava, igual que una ciutat en ruïnes birmana, i quan el seu amant ple de cinisme li va girar la cara d'un cop de puny, no vaig tenir prou braços per consolar-la. Vam passar la nit plegades, bevent rom amb cola dins del cotxe: vam saber que a les dues ens agradava el cel vermell de quan plou fang, que sembla que anunciï la fi del món, i també que detestàvem les històries de superació, com les dels atletes sense cames, els supervivents de l'ostracisme o els malalts recurrents, perquè les seves gestes semblaven una cosa, però sempre acabaven malament.

Quan a la matinada la vaig deixar a casa i em va dir: «Tranquil·la, puc amb ell. Li punxaré com sigui les rodes de la moto», de seguida vaig notar les onades, la inclinació del terra, el vaivé del meu cos, dreta, esquerra, dreta, el bombolleig de la sang, el mareig de besllumar un final segur.

Ava, era el seu nom, i va desaparèixer entre matolls carnívors: es va fondre amb la seva última picada d'ullet, mai no va tornar, em vaig quedar sola davant del volant. Als meus dits, només un cap del fil de coure esfilagarsat de la nostra sintonia.

SILENCI A TAULA

Érem una família de fer silenci a taula. Ens empassàvem el menjar sense aturar-nos, mai no trencàvem el ritme. Fora dels àpats, també podíem passar hores sense dir-nos cap paraula. No hi havia res d'anormal en aquest fet: l'alegria i l'optimisme, les incomprensions, els mals de cap i els temors, tot formava part del patrimoni íntim de cadascú, circulava per intricats canals interns i s'eliminava o s'alimentava segons decisions preses i consensuades per un mateix i per ningú més. El nostre quasi mutisme era un imperatiu genètic, el convenciment de la gratuïtat d'abocar en format sonor i articulat allò que l'altre ja coneixia o havia de conèixer.

El meu pare, el meu germà i jo convertíem les estones familiars en una espaiosa i callada suposició.

Només quan ella tenia un bon dia i decidia dinar o sopar amb nosaltres, tornava un torrent de paraules a envoltar-nos. No era habitual: la malaltia havia fet del seu cos una pura calamitat, i passava setmanes senceres estirada al llit. Deu anys de calvari ininterromput. A vegades, alguna mena de saba nova la revifava. Es pentinava els cabells amb els dits i es pintava els llavis de vermell, maldestra i lenta com una heroïna minvant, decidida a plantar cara a la mort a cop de *lipstick* caduc. Entre els tres la baixàvem des del pis de dalt al menjador asseguda en una cadira; jo m'havia d'aguantar un riure nerviós, obcecada amb la idea que algú de nosaltres s'entrebanqués amb un graó i consuméssim per endavant la tragèdia que havia de venir.

Era la nostra mare, la cuidàvem per sobre de tot. Les paraules poden ser equívoques, però no hi ha ambigüitat en l'amor. A pesar del dolor latent, del traç morat de les llagues en la seva anatomia, a ella li agradava vanar-se de disposar de dues vides concèntriques: una de cronologia elemental, que li oferia els mateixos anys de progressió que a una persona sana, i una altra més accelerada, més trepidant, on la mutació i el patiment l'envellien sense previ avís, a batzegades. Assumia que les dues es dibuixaven a partir del mateix centre, i que la vida petita i terrible —l'única que nosaltres, individus simples, érem capaços de rastrejar-li— no trigaria gaire a completar-se. Ben mirat, era una teoria molt inexacta, amb uns serrells llarguíssims, estranya perquè sí, com ho són totes les teories dissenyades a mida de la urgència.

Quan ella hi era, la conversa fluïa, parlàvem de coses agradables i plenes de llum. Les paraules *al·legoria* o *èxtasi* només es pronunciaven en la seva presència; només davant del seu cos assecat al sol apareixien els noms de l'art i la poesia, la bellesa, la proporció, l'ètica i la política, el combat contra les injustícies; s'atrevia a parlar de somnis de futur, refugi improbable del moribund; proclamava als quatre vents allò que nosaltres guardàvem a l'estómac del món. Jugava amb les idees, era visionària, associava conceptes que ens definien. Per ella érem sempre dues coses i no una de sola, i la dualitat ens alçava grandiosos als seus ulls.

El pare era elegant i retentiu. El meu germà era caut i tortuga. Jo era tenaç i cadell.

La seva alegria i la seva força ens qüestionava, posava en dubte el nostre talent per a la felicitat. En aquest sentit, era com una bufetada clavada a la galta exacta. Tan propers i tan diferents, miralls sense correspondència. En la seva absència, ens imposàvem un celibat de paraules. Potser ens reservàvem per a ella, ens conteníem per quan ella aparegués. Tal vegada no existeix cap teoria a mida de la nostra absurditat.

Per això, quan va morir, el silenci entre nosaltres es va fer més evident. Vam estar molta estona tots tres asseguts a l'habitació. Encara tenia els ulls atents i els llavis mig oberts. Què provava de dir-nos, que no podia esperar? Van venir els homes de la funerària, la van embalar amb un plàstic i se la van endur. Jo volia posar una de les seves mans entre les meves, però de tant pensar si la trobaria massa freda, ja no vaig ser-hi a temps.

La vam acomiadar per sempre l'endemà al matí. Com en tots els dies tristos, el sol ofenia.

Després d'aquell dia, vam continuar compartint àpats, amb menys freqüència, però amb la mateixa voracitat. Menjàvem gairebé sense mastegar, engolíem com una tropa de combat. Cap de nosaltres no era una ànima extrema, mai no havíem hagut de suportar cap aflicció excepte, ara, la mort de la mare. Per això costava no parlar-ne, no explicar-ho, no valorar l'impacte.

Un migdia de primavera, vam acordar fer un esforç. Ens vam entaular, vam encetar algunes ampolles de vi i, al final, una conversa. Una celebració d'ella, un simulacre de vida quotidiana. Engrescats, vam tornar a parlar d'ètica i d'injustícies; ningú no va utilitzar la paraula *al·legoria*, ni tampoc *èxtasi*, però sí que vam parlar de coses agradables i de les flors.

—Coi de petúnies—va dir el pare—, se'm moren totes.

Com si nosaltres no sabéssim que tot en aquella casa moria, que tot tenia una data de caducitat, variable o imposada, però de caducitat.

El comentari de les petúnies ens va entristir i va tornar el silenci. El nostre gos, daurat i gros com un déu grec, ajagut al sol, llepant-se una pota, va emetre un so allargassat i ronc semblant a un «no». No va dir «no», però ens ho va semblar. El vam observar durant una estona, arraulits al seu costat, com uns inspectors del miracle, per si es tornava a manifestar. Però només va estossegar i ens va esquitxar la cara a tots tres. Ens vam mirar i ens vam enriolar com mai, embogits, com si el ventre se'ns hagués d'escapar i no el poguéssim recuperar mai més. Em vaig abraçar al meu germà tortuga, que mirava de recompondre's ràpid i no podia, mentre el meu pare s'eixugava les llàgrimes amb un mocador.

Desconec què hauria dit ella, veient-nos a tots tres amb aquella fila. Nosaltres, però, mai no ens direm què vam pensar. Suposarem que no fa cap falta.

AGRAÏMENTS

Moltes gràcies a totes les persones que, d'una manera o altra, han fet possible aquest llibre:

A Meritxell Daranas (d'una manera molt especial), Núria Ferriol, Lluís Guxens, Magda Jiménez, Montserrat Rodó, Alegria Sambola i Maria Carme Serrat, pels seus comentaris i suggeriments, i per la seva amistat.

A Marta Barretina, Mario Castillo i David Juher, per alguns dissabtes estranys i fructífers.

A Manel de la Rosa, Olga Jornet i Maria Rosa Nogué, per l'encoratjament i la confiança.

Als meus estimats companys Itacos de l'Escola d'Escriptura de l'Ateneu Barcelonès, per les lletres i hores compartides.

A l'Ada Castells, per la seva gran generositat literària, intel·lectual i personal, i pel seu mestratge.

A la meva família, per ser-hi sempre, sempre.

Aquesta primera edició de
Silenci a taula,
de Cristina Garcia Molina,
es va acabar d'imprimir a Barcelona
la primera quinzena de novembre de 2014.